自殺產生器

梅洛琳 著

「當你讀到這封信時，已經開啓了死亡之路，接下來，
請依您的喜好，設定您的死亡，如果您要忽視或拋棄
這封信的話，將由系統自動爲您選擇。」

目錄

序曲

敬啟者，您好。

當你讀到這封信時，已經開啟了死亡之路，接下來，請依您的喜好，設定您的死亡，如果您要忽視或拋棄這封信的話，將由系統自動為您選擇。

現在，請您依照自己想要的死亡點選。

A　車禍
B　跳樓
C　溺水
D　利器
E　燙傷
F　自殺

第一章　自殺

「阿超……阿超……」

誰啊？在我耳邊鬼吼鬼叫的，想不理都不行，那聲音像蟲子似的，在我耳邊爬來爬去，我忍不住翻身大吼：

「幹嘛啦？」

「去！你忘了今天要去打籃球喔？還睡得像死豬一樣！」聲音才剛結束，一個籃球就扎扎實實地落在我身上，打得我跳了起來！

「衝啥啦？」我沒好氣地道：

「才幾點而已？」

「都快八點了，你還在幹嘛？」阿則也不爽地道。

我勉強看著桌上的鬧鐘，啥？真的要八點了？我瞬間睜大眼睛，然後又繼續躺了下來。

「怎麼那麼快就八點了？」我叫了起來。

「你昨晚混到哪去了？做小偷喔？現在怎麼還不起來？」阿則把我床邊的籃球拿走。

「我昨天在打 game 啦！」我把棉被蓋在頭上。

「那你去不去？」

「你就幫我跟趙俊峰他們說，我下次再跟他們打啦！」實在是太睏了，現在去打的話，我只有被KO的份。

「厚！你很爛耶！」

好痛！這傢伙又把球丟在我頭上。

「拜託啦！下次請你們喝東西啦！」為了彌補我的虧欠，我只好犧牲我的荷包。

「好，你說的喔！我會去跟趙俊峰他們講。」阿則像逮到什麼似的，得意地笑了起來。

第一章　自殺

「好。」我無力地道。

緊接著，我聽到門被關起來、大門被鎖上的聲音，很好，阿則出去了，另外兩間房間則沒有聲音，大概出去上課了吧？

我們這裡是由透天厝改成學生宿舍，四房兩廳兩衛，所以很少發生什麼搶廁所的事，而且地方大，很多同學喜歡往我們這邊跑，聊天哈啦打屁什麼的，上次還在這裡喝酒，鬧到警察都來關切之後，就沒有再那麼放肆了，所以這陣子都滿安靜的。

這樣也好，要做什麼就想做什麼，也不會被吵。

就像這時候，我只想睡覺，如果有人在家的話，我還睡個屁呀！

昨天玩遊戲的時候，根本忘了今天還跟趙俊峰他們有約，所以玩到三點多，早知道就不要那麼逞強了。

呼……

我翻來覆去，睡得迷迷糊糊，被阿則這樣一吵之後，瞌睡蟲都跑走了，我在床上躺了有半小時，仍然沒辦法睡著。而且外面又有聲音，不知是哪個室友回來了？我索性爬了起來。

啊！熬夜果然不好，像我現在要睡不能睡，要振作又沒什麼力氣，真的很難過。

我慢慢地走了出來，想說去廚房找點東西喝，赫然發現阿則坐在客廳，臉色難看，像裹了一層石灰似的。

「阿則，你什麼時候回來的？」

「剛剛。」

「你不是跟趙俊峰他們一起去打球嗎？」我從冰箱拿出一罐啤酒，一大早起來，口滿渴的。

「對啊！」

「怎麼這麼快回來？」

「趙俊峰他死了。」

「哈！哈！」我笑了起來。「阿則，你在說什麼？」託他的福，我的睡意全跑走了，精神也好多了。

第一章　自殺

阿則沒有講話，不過他的表情真的很難看。

我看他不太對勁，也沒有跟他抬槓。

「阿則，你怎麼回事？」

「趙俊峰他昨天晚上跳樓自殺了。」

嘎？

我的笑容僵硬，人也石化在現場。我沒辦法再跟他開玩笑，他說得那麼認真，表情嚴肅，不像是假的。而且平常玩笑開習慣了，所以我知道他這時候的認真，並不是裝出來的。

「你說什麼？」我嚴肅的問道。

「我剛剛去籃球場時，只有幾個人來，結果後來明正他來了，說趙俊峰昨天三點多時跳樓了。」

三點多時，不就是我睡覺的時候嗎？想到在我睡覺的同時，有人從這世上消失，我不禁打了個冷顫。

「好端端的，他怎麼會自殺？」

「我也不知道。」

我沒有再講話，阿則接過我手中的啤酒喝了起來，看起來他心情不好，拿酒壓驚。

「我們去他住的地方看看。」我提出建議。

「去幹嘛？」

「我要去看看這是不是真的。」昨天才碰到趙俊峰，他還好好的，甚至跟我打牌，怎麼會第二天就跳樓？而且他那個人痞痞的，臉皮又厚，像打不死的蟑螂，怎麼可能就這樣死掉？

不親眼目睹，我實在不太相信。

阿則沉默了會，最後點點頭。「好，我跟你一起過去。」

※　　※　　※

我跟趙俊峰是在社團認識的，雖然交情不是說多深厚，但有時也會一起出去吃個東西，聊聊最近發生什麼事，算是普通的朋友。這樣年輕而有生命旺盛的一個人，竟然會突然死掉，彷彿有人跟我開了個玩笑。

也許，就是趙俊峰本人。

我知道趙俊峰住在哪裡，他的宿舍和我跟阿則的宿舍沒有多遠，只是我比較幸運一點，這間透天厝的屋主是個大地主，這間屋子只是他眾多產業之一，所以他就出租，而我跟阿則還有另外兩個室友就撿到這個寶。

而其他學生，不是住在學校宿舍，就是在外面的老式公寓租屋，裝橫設備都沒有我們齊全。

我們來到趙俊峰租的公寓前面，外型灰暗破舊，角落的電梯看起來也相當陰沉，而一樓入口處則有個老伯伯權充警衛。

周圍看起來很正常，也沒有什麼血跡，一片平和。

「看起來沒事啊！」

「可是……」

「看吧！根本沒有這回事。」話才說完，我就看到趙俊峰的女朋友，從公寓裡頭走了出來。

蕾蕾是個相當溫柔恬靜的女孩子，跟北部的女孩子相較之下，從南部上來的蕾蕾婉約許多，如果娶回家的話，一定是個賢淑的好妻子。也因為如此，所以儘管趙俊峰泡過那麼多美眉，還是只有蕾蕾在他身邊。

這個趙俊峰，真是讓人又羨又妒。

「嗨！蕾蕾。」我打著招呼。

「你們怎麼會在這裡？」

「還不是這個傢伙啦！」我拍了一下阿則的肩，「說什麼趙俊峰跳樓，簡直是亂講話，所以我才拉他過來。」

「俊峰他……」蕾蕾的眼眶一紅。

「怎麼了？」我看著她。

「他死了。」

怎麼會這樣？連趙俊峰的女朋友都說他死了？雖然趙俊峰平常講話總是無厘頭，老是很欠扁，但也沒必要咒他吧？

蕾蕾似乎看出我的孤疑，幽幽地開了口：

「俊峰他昨天三點多的時候死的。是凌晨的時候，警察找我過來，確定俊峰的身分，我才過來的。」

這麼說趙俊峰真的死了？我呆了半晌，吞吞吐吐地道：

「他、他、他真的死了？」

「我不是早就告訴過你了嗎？你都不信！以為我亂講話？」背後被捶了一拳，是阿則打的。

「你要我怎麼說？太突然了嘛！」一個活生生的人，就這樣消失？我一下無法接受。

「他真的死了。」蕾蕾哭了出來，慌得我們不知如何是好。

我們竟然在蕾蕾的面前，一直提趙俊峰的事，真是太大意了。看著女孩子流淚，我沒有應付過的狀況，不知如何是好。

「蕾蕾，妳別哭了。」

「我剛剛在樓上已經哭過了。」蕾蕾收起淚水，那個樣子更讓人心疼。

「妳在樓上做什麼？」

啪！

我的後腦勺被敲了一記，不用說，又是阿則打的，我咬牙切齒地看著他，他則一副我是白痴的樣子看著我。

蕾蕾沒有說話，不過她的眼睛、鼻頭都紅通通的，好像剛剛哀悼結束。

我好像又說錯話了。

※　　※　　※

泡沫紅茶店裡，我們三個都點了珍珠奶茶，實在是沒心思去看新的花樣，就點最普通的飲料。

我和阿則坐在蕾蕾的對面，看著她拿著吸管，不斷玩弄高腳杯子裡的珍珠，我和阿則互望了一眼，不知道該說些什麼才好？剛剛是看她心情不好，想說請她喝個東西，不過現在狀況好像有點尷尬。

我用手肘頂了頂阿則，阿則又頂了回來，真是！無可奈何之下，我只好開口：

「蕾蕾，妳還好吧？」

「嗯。」

「如果有什麼需要我們幫忙的話，妳儘管說，別客氣。」場面話應該這麼說吧？

「謝謝。」

「那個，俊峰怎麼會死？哎喲！」腳下又被踩了一下！我盯著阿則，他則用大家都聽得到的耳語罵我：

「你白目啊？」

啊！對，我是白目，怎麼不說話還好，一說話，就將心裡最想問的問題提出來？而且還在跟趙俊峰最親密的人面前？

「蕾蕾，我不是故意的。」我趕忙道歉。

「沒關係，其實我也不知道他為什麼會這樣？昨天他還有 LINE 我，說好這個禮拜六要帶我出去玩，然後講沒多久以後，他就……」蕾蕾不再講話，珍珠奶茶連動都沒動一口。

「你們昨天還在聊天啊？」

「嗯。」

「他都沒有說什麼嗎？」我還是不死心追問著。

「沒有。」

「他平常有什麼不對勁？會讓他想要輕生？」既然都已經開口了，就索性問到底了。

蕾蕾還是搖著頭。「都沒有。」

「那真是奇怪了。」我喃喃自語。

「會不會是憂鬱症？」阿則忽然開口了。

「啊？」我轉頭看他。

「我看過報導，說憂鬱症的人，平常看起來很樂觀、開朗，其實心裡有病，所以一旦發作起來，輕生的也有。」

「應該不可能。」蕾蕾困惑地搖頭。「俊峰昨天還說，他想組一個樂團，準備找誰，他還想來個環島之旅，他還想去爬玉山，有這麼多計畫，應該不可能自殺。」

是啊！通常自殺之前，應該都有些訊息，而趙俊峰什麼也沒有。

或許事情不像我們想的那麼簡單！

※　　※　　※

「阿超，趙俊峰的公祭，你去不去？」中午在學生餐廳吃飯的時候，阿則忽然問我，我嚥下了滿口的飯菜：

「去啊！」

「那好，明誠、維邦他們也要去，到時就一起去吧！」

「嗯。」

張明誠和馮維邦是我們另外兩個室友，趙俊峰偶爾也會到我住的地方來，大家見過面，和他們或多或少也有交情，既然大家都是同學，到時就一起約著去囉！

雖然趙俊峰的死亡，沒有影響我太多，不過一個認識的人死掉，感覺還是怪怪的。

阿則也低下頭吃著他的自助餐，我們兩個都沒有說話。

就在這個時候，旁邊的對話漸漸地傳進我們耳朵，內容相當奇特，我忍不住豎起耳朵，看是誰在講話？

「又有人死了啊？」

「對啊！這次是生物系的，昨天晚上突然發瘋似的，跑出去給車撞，聽說拉都拉不住當場就死亡。」

「真的啊？」

「上禮拜不是也有個學生，聽說在自己的房間上吊自殺？」

「對厚！我們學校怎麼回事？一直有人死？」

我抬起頭來，和阿則的視線對上，我知道，他和我一樣感到毛骨悚然。

我轉過頭，後面是一群年級不同的學生坐在一起吃飯，可能是社團成員，所以才會這麼混雜。有幾個我曾在學校看過，只是沒講過話而已，而他們的談話內容引起我的好奇，開口尋問：

「同學，你們剛剛說，又有人死掉了？」

「對啊！昨天晚上，聽說要睡覺的時候，他突然跑出去，他的室友拉都拉不住，就出去給車子撞了。」一個看起來像是大四的學生說道。

「好可怕喔！」一個女孩子說道，她是新生面孔。

「最近學校怪怪的，我們都要小心，免得又有人死。」

「湊巧的吧？」我脫口而出。

「不到半個月，一連三起死亡案件，要說是巧合，也太巧了吧？」那個大四生睨眼對著我說。

「而且這幾個人，平常都沒有關聯。」坐在大四生旁邊的一個學弟說話了。

「你怎麼知道沒關聯？」大四生問道。

「撞車死掉那個，就住我們樓上，今天早上警察有過來，他們在講話的時候，我有聽到。他們也對這幾起死亡案件感到很奇怪，順便調查了一下，他們幾個人根本都不認識啊！」學弟認真地道。

「是喔？難道真的是巧合？」大四生也不敢再堅持了。

說是巧合，也太詭異了吧？

我們學校，難道真的風水不好？

※　※　※

趙俊峰死了是沒錯，但也不可能為了他，什麼事都不做。

晚上的時候，我在我的房間打作業。現在的學生啊！沒有電腦是不行的，除了可以辦辦正事外，偶爾還可以輕鬆、休閒一下。我打算等會兒報告打完，再繼續來「吃雞」。「絕地求生」是一款很紅的線上遊戲，最近我很迷這遊戲。

人生太苦悶，總要有點娛樂。

現在我們這裡呀！起碼人手一臺電腦，都安裝在自己房間，不管是新的還是二手的，都相當方便。

有的是家裡提供的，有的是自己想辦法買的，反正現在沒電腦，就像沒手沒腳，怪不方便的。

「阿超。」阿則在外面叫我。

「什麼事？」我頭也不回。

「我的電腦怪怪的，等一下你的借我好不好？」

「我在打作業耶！」

「我知道，我是說等一下啦！」

「好。」

阿則離開之後，我努力將作業最後一頁打完之後，鬆了口氣。明天就要繳交了，我這兩天才趕，簡直是找死，還好有考古題的答案可以幫忙，修改一下就可以用了。本來還想要再上網收個信的，想到阿則還在等電腦用，就把檔案存好，走了出來。

「阿則，好了。」

「好。」

「你小心一點，不要把我的東西刪掉喔！」我指的是電腦裡的檔案。

「知道啦！」

阿則從房間出來，進到我的房間，而張明誠和馮維邦就坐在客廳看 HBO，邊吃零食。

「這誰買的呀？」我看到洋芋片，忍不住食指大動。

「我買的，你要吃的話就吃呀！」馮維邦抬頭看了我一下，而張明誠則緊盯著電影臺。

「在看什麼呀？」我在他們的身邊坐了下來，把洋芋片拿起來。

「史蒂芬．金的《迷霧驚魂》。」張明誠頭也不抬地道。

「這麼晚了看這個？」話雖然這樣說，我也坐了下來，緊盯著電視，不過都已經快演到結局了，男主角都已經準備要殺了他同車的人了。這部電影我很久以前看過，覺得結局還滿有趣，出乎眾人意料。「都快演完了。」

「對啊！誰叫你剛才不出來看。」張明誠睨著我。

「沒辦法啊！明天趕報告，只好犧牲一下囉！」我看了一會，吃著馮維邦提供的洋芋片，正要把剩下的殘渣直接倒入嘴巴時——

砰！

巨大的聲響從我後面傳來，不是電視裡頭的槍響，嚇得我洋芋片碎片掉滿身，我轉頭一望，是我的房間門被關起來了。

「靠，死阿則，關那麼大聲做什麼？」我正要罵著，裡頭卻傳來……

「讓我出去、讓我出去！」

什麼跟什麼呀？房間的鎖是從裡面關起來的，如果阿則要出來的話，自己開鎖就好了呀！搞什麼把戲？

我和張明誠、馮維邦都站了起來，我則對著我的房間大叫：

「阿則，你要出來就出來啊！搞什麼鬼！」

「阿超、明誠、維邦，快點，放我出去。」阿則的聲音從裡頭傳來，像是被貨車擠壓似的，叫聲之淒厲，前所未聞，令人毛骨悚然。

「喂，你們說他在搞什麼把戲？」我對著其他兩人道。

「誰知道？」馮維邦聳聳肩。

「去幫他把門打開，要不然吵死人了。」張明誠不悅地道，他的話深得我心，也是，他既然要玩，我們就跟他玩。

我走到門口，故意叫道：

「哎呀！怎麼辦？門打不開耶！」事實上，我根本沒有去動手把，而身後的張明誠和馮維邦則吃吃地笑了起來。

「阿超，快救我，阿超……」

阿則的聲音越來越微弱，咦？這次怎麼玩的這麼像真的？我伸出手，轉動手把。

打不開？

怪了？門把真的打不開，無論我怎麼轉，門把都開不了，除非阿則把門鎖起來，要不然門怎麼會打不開？既然是自己關的，為什麼又叫我們打開？他自己開門不就好了？

「阿則，開門！」我叫著。

「阿超，阿超……」阿則的聲音，越來越虛弱。

「阿什麼阿？別再玩了，快點開門。」我惱火地道，叫人開門，自己又不把鎖打開，一點都不好玩。

裡頭沒有聲音，不，正確來說，應該傳來一些細微的聲音，而我搞不懂那是什麼？

「阿則，開門。」我拍著門叫道，只想把開門這件事結束。

「別叫了，我來。」張明誠拍拍我的肩，示意讓開，我退到旁邊，看著張明誠從身上摸出一元硬幣，一下子就把喇叭鎖打開了。原來還有這招？下次不小心把自己反鎖在門外的話，就可以這麼做了。

我看到張明誠明明將鎖打開，他要開門時，卻像在跟人角力似的，臉孔變得漲紅。

「你在幹嘛？」我問道。

「門打不開。」

「你不是開鎖了嗎？」

「阿則躲在門後，不讓我開門。」

什麼嘛！這個阿則在搞什麼玩意？叫人家開門，又擋著不讓人進去，我也生氣了，和張明誠一起將門推開。門後面真的有股力量，不斷和我們抗衡。

「你們在幹什麼？」馮維邦莫名其妙。

「快來幫忙啦！」我叫道。

馮維邦也過來了，三個人一起推門。X的，這個阿則的力氣未免太大了吧，竟然可以擋住我們三個人的力量？大家紛紛使出吃奶的力氣，合力將門推開——

「咿呀！」我叫了出來。

開門之後，我看到阿則坐在我的電腦椅上面，雙手放在脖子上面，頭抬得高高的，雙腳痙攣似的，不斷地抖動、伸直。

「阿則，你在幹嘛？」我相當生氣，在我的房間搞什麼鬼？

阿則沒有講話，他的手用力地捏住自己的脖子，脖子不斷往後仰，腳則大開，腰也挺得直直的，整個人快要從椅子上滑落下來，卻還是緊緊握住自己的脖子。

「阿則，你怎麼了？」馮維邦問道。

「他準備勒死自己嗎？」

張明誠的話讓我心頭一驚！眼前的阿則臉色越來越慘白，眼睛也一直往上吊，眼白的部分比瞳孔的部分還多，嘴巴大張，舌頭都露了出來。

「阿則，你在做什麼？」我大叫，上前要將他的手掰開。

掰不開？阿則的力氣有這麼大嗎？

「喂！你們快過來幫忙！」我對著張明誠和馮維邦大叫，兩人聽了之後衝了上來，要將阿則的手拿開，但阿則的力氣相當大，我們拉不開，只看到他不斷捏著自己的脖子，他的脖子都要瘀青了。

「阿則，你在做什麼？放手！」張明誠大喝！

「快放手呀！」

「阿則！」

我們三個大男孩，敵不過阿則的力量，眼睜睜看著他把自己的脖子縮緊、再縮緊。

喀嚓！

我聽到聲音，然後，他鬆手了。

他、他、他……我和張明誠、馮維邦，不約而同地往後退，看著阿則，又彼此望了一眼，他們的臉色相當難看，我的大概也好不到哪裡去。

須臾，我上前一步。

「阿則。」我叫著他的名字。

沒有回應。

「阿則。」我再次叫道。

「他死了嗎？」馮維邦吞吞吐吐地道。

「不可能！」我叫了起來！

「可是你看他的樣子。」

此刻阿則坐在椅子上，臉色慘白，毫無生氣，他的面孔向上，雙眼暴瞠，嘴巴也大開，他的嘴角流出血來，而他的手則無力地擺在兩邊，整個身子不動，看起來的確一副死相。

有勇氣上前的是張明誠，他上前推了推阿則，還把手伸到阿則的鼻子之前，查看他有沒有呼吸。

片刻，張明誠轉過身來，臉色難看。

「他死了。」

第二章　調查

阿則死了，他真的死了？

我怎麼也不相信，他真的死了，但是警察來過之後，證明他真的死亡，而且，他是被自己勒死的。

這個說法，警察怎麼也不採信，我們三個人在警察局待了好久。

最後，法醫過來，鑑定阿則是自殺身亡——自己勒死自己的。因為他的脖子上，只有他自己的指紋，符合脖子的傷口，而我們在他手臂上造成的傷痕，跟脖子上讓他死亡的傷害不符。

不過，雖然法醫的說法和我們對警察的說法是一致的，我們還是看得出來警察根本不相信。

不要說警察，連我自己都不相信了。

再怎麼說我都很難相信有人會勒死自己？當阿則的雙手勒住脖子的時候，脖子那麼難受，不會放棄嗎？再加上又缺乏氧氣，難道不會痛苦地鬆開雙手嗎？難道他有那麼大的決心和勇氣，把自己勒死嗎？

再說，阿則有什麼動機自殺？他功課不算頂尖，倒也不差，也沒聽過他在情感方面有什麼問題，也沒欠債什麼的，我想不出來有什麼理由他會輕生？

我看到有其他人過來，對著跟我們偵訊的警察說了些話，警察就揮揮手：

「好了，你們可以走了。」

「啊？」

「為什麼？」

我們三個人面面相覷，剛剛任憑我們說得口乾舌燥，嘴巴都快破皮了，說我們不是凶手，這個老警察根本不鳥我們，結果別人過來，不知道說了什麼，就說我們可以走了？

「叫你們走，你們就快走，問那麼多做什麼？想坐牢嗎？」老警察凶巴巴地道。

坐牢？誰想啊！既然警察都這麼說了，我們就趕快腳底抹油。

「那我們走了。」

「再見，呃……」不對，誰沒事還要再來警察局啊？發現我的話有語病，馮維邦捂著我的嘴巴離開。

「靠！阿超，你在講什麼啊？」

離開警局十幾公尺遠，馮維邦就打了一下我的頭。

「幹嘛啦？」我不服地叫了起來。

「什麼再見？你還要回去啊？」馮維邦瞪了我一眼，我也知道自己說錯話了，忙道：

「哎唷！不小心的啦！」

「要回去你自己回去，我可不回去。」被當嫌疑犯，在警察耗了三、四個鐘頭，已經很累了，我不想再跟馮維邦爭論下去。

「好了啦！大家今天都心情不好，不要再吵了，我們去吃點東西吧！」還是張明誠提的建議最中肯。

「嗯。」

※　※　※

來到了學校附近的夜市，只有在這裡，才有凌晨兩點多還在開的小吃店，而且還有稀稀落落的學生，每到假日，營業的時間更晚。

我們坐在豬腳麵線店，叫了三碗，稀哩呼嚕地吃了起來。

碰到這種事，又被帶到警察局，得吃點麵線來去霉氣，所以我們三個都叫最大碗，大啖起來。

「阿超？」

一個女孩子的聲音傳入我耳裡，哪個女孩子半夜叫我？我轉頭一望，是蕾蕾！

「蕾蕾？妳怎麼會在這裡？」我吃了一驚！

「來吃點東西。」

「要不要一起坐？」我招呼著。

蕾蕾遲疑了一下，不知道在想什麼？倒是張明誠和馮維邦立刻站起來，到旁邊坐，我奇怪地望著他們，問道：

「你們幹什麼？」

「讓位啊！」

我看了蕾蕾一眼，後知後覺，才知道她是不好意思跟張明誠和馮維邦坐在一起，所以才會有那種表情，而張明誠和馮維邦則是反應比我快多了，才會主動讓位。

蕾蕾的個性真的很害羞，只有我跟阿則因為常跟趙俊峰打球，對她也稱得上熟悉，所以她才跟我打招呼。如果不熟悉的話，她就相當拘謹。

想到阿則，我的心情就盪了下來。

「阿則呢？」蕾蕾坐了下來，左右張望。

「他死了。」我淡淡地道。不是說我不傷心，而是他突如其來的死亡太過震撼，壓過了我的悲傷。

「什麼？」蕾蕾嘴巴微張，杏眼圓瞪。「你在開玩笑嗎？」她的反應，跟我剛聽到趙俊峰死亡的時候一樣。

「我們剛剛才從警察局回來，沒有在跟妳開玩笑。」我指著旁邊的張明誠和馮維邦，他們點點頭，證明我所言不虛。

約莫是感受到我們之間凝重的氣氛，蕾蕾才相信。

「阿則他怎麼會死？」

「他是自己勒死自己的。」雖然很不可思議，不過我還是說出口了。

「自己勒死自己？」蕾蕾捂住嘴巴，沒有再講下去。

我悶悶地大口吃著豬腳麵線，一碗不夠，又再點了一碗，老闆又再送上來一份，這種時候倒是特別餓。

「對了，妳怎麼這麼晚了還在這裡？」我問道。

像蕾蕾這麼乖的女孩子，自己都會給自己門禁時間，怎麼會兩點多還出現在外面？

「我來查俊峰的死因的。」

「他不是跳樓自殺嗎？」在這種時間，和一個女孩子討論熟悉的人死亡的事情，感覺真的很怪異。

第二章　調查

「是沒錯，可是，」她的表情相當困惑，「他的室友說，俊峰在跳樓之前，有叫人快救他。」

「什麼？」

不只我，連張明誠和馮維邦全都抬頭看她。

看到大家都在看她，蕾蕾似乎有點扭捏，不過我們聽到蕾蕾講的話，覺得有點熟悉，趕緊催促她。

「快說呀！」

在我們的注視之下，蕾蕾終於開口了：

「我是聽他室友說，俊峰在死之前，一直叫救命，當他的室友趕到他的房間時，他正站在窗戶上面，他看到他們的時候，還對著他們說救他，他不想要跳樓，結果話說完，他就自己鬆開雙手，跳了下去。」

趙俊峰是怎麼回事？

口口聲聲要人家救他，卻自己跳了下去。

不是才吃過熱呼呼的麵線嗎？我卻感到渾身發涼，捧著麵線的碗也放了下來，不自覺地開口：

「阿則他……他在勒死自己之前，也是在房間裡一直喊救他，是我們反應太慢，才會讓他自殺。」如果那時我們快一點闖進房間就好了，我感到懊悔。

我看到蕾蕾的表情相當驚訝，就像我剛剛聽到趙俊峰死前所講的話，反應是一樣的吧？

為什麼會這樣？

我們沒有再講話，空氣中只剩下走味的香氣。

※　　※　　※

吃完麵線之後，我送蕾蕾回家。本來我是沒有想到這一點的，是被張明誠唸說怎麼可以讓女孩子一個人回家？叫我送她回去。我才想到既然我和蕾蕾認識的時間比他們多，現在又那麼晚，送她回去也是理所當然的。

更何況她先前才遭遇過傷痛，更需要有人身邊。

時間已經很晚了，也沒有公車，我只好陪她走路，回到她的宿舍。她也住在學校附近沒多遠的地方，和班上同學住在一起，只是陪她走回去，大概也要花上半個鐘頭。

「謝謝你。」快到蕾蕾住處時，她突然這麼說。

「別、別客氣。」只有我跟她，兩人感覺也很奇怪。我只好盡量找話題：「妳還好吧？」哪壺不開提哪壺，我這個人，最不會安慰人了。

「嗯。對了，那個宋國方，死之前，也是叫人家救他。」

「什麼？啊？」我莫名其妙。

「宋國方，他是化學系的，就是禮拜二晚上時，跑出去讓車子撞死的那個學生。聽說他邊跑邊哭著叫他的同學，快點把他拉住，可是，他在說這些話的同時，卻一直往外跑。他的同學本來以為他在開玩笑，後來發現不對，想要將他拉住，卻拉不住，才會跑去讓車撞。」蕾蕾解釋著。

啊？好熟悉的情節？

我看著蕾蕾，已經快凌晨三點了，漆黑如墨的夜空，這時吹起一陣寒風，我感到身上三萬六千個毛細孔全部收縮了起來，我呆然地看著蕾蕾，整個人像白痴似的：

「什麼？」

「所以我在想俊峰跟宋國方的死，會不會有什麼關聯？結果沒想到今天聽到阿則也是這樣子。」蕾蕾幽幽地道。她是個恬靜的女孩子，白天看起來溫柔婉約，怎麼這時候覺得她的臉過分蒼白？而墨黑的夜色和她的頭髮融為一體，她像是只有一張臉。

要命！沒事女孩子皮膚那麼白幹什麼？

「有、有什麼關聯？」該死！我竟然在女孩子面前結巴起來？

「我想知道，他們死之前，到底發生什麼事？」蕾蕾看著我，她的眼睛看起來格外晶亮。

「會、會有什麼事？」

「我還不知道，阿超，你可以幫我嗎？」蕾蕾抬起頭，向我要求，我看著她的臉龐，很難拒絕。

「這個……」

「可以嗎？」

「好啦！」

※　　※　　※

我竟然答應了？

我不曉得我怎麼那麼衝動？竟然答應說好？但現在反悔也來不及了。而且蕾蕾內在比她外表看起來還堅強，她已經查到許多我不知道的事了。

包括為什麼在警察局，我們能那麼快被放走？原來在宋國方死之前，一直叫他的同學阻止他，他的同學企圖抓住他，卻怎麼也抓不住，六、七個大男生還拉不住一個人，他才衝出去被車撞死。

而這些同學，當初也被認為是推宋國方出去撞車的嫌疑犯，在警方調查之下，周圍的攤販可以證明他們是要救他而非害他。

而趙俊峰的死前症狀，也跟宋國方頗有類似。

更不用講阿則，想到阿則，我不禁難過起來，才推想可能因為這幾起死亡案件都太詭異，所以警方才沒有認定我們就是殺人凶手，而放我們回來。

這些消息，都是蕾蕾跟我講的。可見她私底下不知道查了多久了？看來這個蕾蕾，有我所不知道的一面。

「現在妳要去找宋國方的室友嗎？」我跟在蕾蕾的身後，覺得自己像是她的小跟班，所有事情都是她在決定。

「是啊！」

「妳還想知道什麼？」

「我不曉得，我只是覺得俊峰不應該這樣死掉，他不應該這樣就走了。」蕾蕾看著遠方，眼神有些空洞。

看到她這樣子，我知道我也沒辦法撤退，只能跟著她一起找出真相。

「好吧！我跟妳一起進去。」

現在的我們，來到了宋國方的宿舍前面，這是在學校後門的一棟普通宿舍，和趙俊峰居住的宿舍差不多，不過宋國方所租的宿舍比較新穎，裝潢比較氣派，不用說，租金當然也比較高。

而門口這條大馬路，就是宋國方當初不顧一切，瘋狂衝出來，找輛車撞上去的地方，然後血肉模糊，由於衝力之大，聽說手腳都分開了。

這些事情，在學生之間不斷流傳。

我和蕾蕾在正中午的時候，頂著個大太陽來到了宋國方居住的地方，其實是相當炙熱的。會約在這種時候，其實也是有點原因，我不希望在晚上的時候來問這些事，那樣太令人毛骨悚然。

「我們不用進去。」蕾蕾忽然說道。

「啊？」

「我跟宋國方同寢的陳偉齊，約在宿舍對面的紅茶店碰面。啊！他來了，就在那裡。」蕾蕾指著對面馬路，我看到有個戴帽子的男同學，看起來吊兒郎當，站也站不好，位於紅茶店前。

「走吧！」我看左右沒車，拉著蕾蕾就走。

這條馬路十分寬闊，可以在遠遠的地方就看到左右來車，以衡量過馬路的機會。

而幾天前，宋國方竟在車輛稀少的時間，選擇迎向車子。

縱使是大白天，我還是感到涼意，勉強壓下心頭的不安，跟著蕾蕾走到了對面。

「陳偉齊，謝謝你。」蕾蕾跟他打招呼。

「妳又找我做什麼？」這個叫陳偉齊的，似乎頗不耐煩，叫人看了很不順眼。

「我只是想問你，宋國方死之前，發生什麼事？」

「有什麼事？他哪有什麼事？我不是早就告訴過妳，他就突然衝出去，叫人家快點救他，我們攔都攔不住，他就在那裡被撞。」陳偉齊邊說，邊指著我們眼前馬路的某處。「妳還要知道什麼？」

「你知道他為什麼會這樣子嗎？」

「我怎麼知道？他自己想被車撞，就這樣跑了出去，誰知道？我這幾天要搬家，妳不要再找我了。」陳偉齊顯得不耐煩。

「為什麼要搬家？」我好奇地詢問。

「旁邊室友死了，你還要住在那裡面嗎？」陳偉齊不悅地道，他顯然對這種事很敏感。

第二章　調查

「沒辦法還是得住啊！」

阿則死了，我和張明誠、馮維邦雖然覺得怪怪的，礙於租約的關係，還是沒有離開。

陳偉齊看了我一眼，似乎對我駁他的話很惱怒，只看著蕾蕾：

「反正我要搬走了，妳也不要再來找我了，我不想再跟這件事有關係了，真晦氣。宋國方的東西，我都要丟掉了。」

「你要丟掉？」

「對啊！他的東西他家人已經拿走了，一些雜七雜八的還在房間，我準備把它拿去丟掉。就連他死之前玩的那臺電腦，他家裡人也不要了，我看來找回收的好了。」

「電腦？」蕾蕾突然叫了起來，我望著她。

「怎麼了？」

「那宋國方死之前，就是他去撞車之前在做什麼？你知道嗎？」蕾蕾不理我，繼續追問著。

「在幹嘛？在上網啊！」

上網？我和蕾蕾互看了一眼，蕾蕾說過，趙俊峰跟她線上聊天時，時間點算下去，沒多久就死了，而宋國方死之前，也在上網，更不用講阿則，他跟我借電腦，也有可能是為了要上網。

這幾個死亡事件，都跟上網有關係嗎？

「他在上什麼網，你知道嗎？」蕾蕾急著追問。

「他在上什麼網？我怎麼知道？我幹嘛去管他上什麼網？他又不是我的誰！要不然妳把電腦拿走，自己去研究啦！就這樣，我是不想管了。」聽到陳偉齊這麼說的時候，我和蕾蕾互望了一眼，有了共同的決定。

※　※　※

「阿超，你在幹什麼？」

張明誠回來的時候，目瞪口呆地瞪著我。不，正確來說，是我們，我和蕾蕾正在客廳裡，把所有的電腦都擺在客廳的茶几上。

為什麼說所有呢？因為正確的數量來說，有四部電腦主機正在桌上。

「喔！這個呀！」我抓抓頭。「是蕾蕾說她想要知道趙俊峰死之前，到底上過什麼網站？」

「啊？」

蕾蕾站了起來，充滿歉意地道：

「不好意思，打擾了。」

「呃？啊！沒有啦！」看到女孩子跟他道歉，一向內斂的張明誠也臉紅了。「我的意思是，你們怎麼會有這麼多電腦？」

「這臺是趙俊峰的，這臺是宋國方的，就是那個出去給車子撞死的學生，至於這臺是我的，還有這臺是阿則的。」我指著桌上的主機，一一解釋著，而螢幕則利用我的液晶就夠了。

「弄這麼多，想要幹什麼？」

「蕾蕾說，趙俊峰死之前，正在上網，宋國方也是，還有，」我吞了口口水，「阿則死之前，也是跟我借電腦，不過我也想知道，他的電腦裡有什麼，所以順便一起搬了出來。」

「你們把事情搞得好複雜。」

「是蕾蕾的主意。」

說穿了，真的都是蕾蕾的想法，而我只是幫忙她而已。沒辦法，既然答應人家說要幫她，那不論她說什麼，我都只有答應的份。

張明誠看我的眼神怪怪的，嘴角露出似笑非笑的微笑，看的我頭皮發麻。

「我知道了。那你們查出什麼？」

「還沒，現在正準備看趙俊峰的。」我把滑鼠移到趙俊峰電腦裡的瀏覽器，查看他的上網紀錄，然後連接過去。

啊啊啊！

我看著趙俊峰瀏覽過的網站，不知道該關掉，還是繼續打開？因為他上的竟然是色情網站？幾個美女有的有穿，有的沒穿衣服，就算有穿衣服，也跟沒穿差不多。

平常我自己一個人也會瀏覽這些網站，只是旁邊站著一個蕾蕾，我不禁面紅耳赤。

我可以感受到在一旁的蕾蕾很尷尬，後頭傳來咳嗽聲，是張明誠。

「阿超，還有其他網站，你應該再看一下。」他提醒我。

「喔喔！」聽到他這麼說，我如獲大赦，連忙看他之前上過的網站，很可惜的，還是跟第一次開的網站差不多。

這個趙俊峰，上的怎麼全部都是色情網站啊？

我不敢回頭看蕾蕾，怕感到尷尬，等到我們把趙俊峰死亡當天上網的網站看完時，已經半個鐘頭過去了。

「這些網站好像都沒什麼發現。」蕾蕾繃著聲音。

「對啊！接下來，來看宋國方的好了。」我把螢幕線路，和宋國方的電腦主機接在一起，然後開機，查詢宋國方死前在做什麼？

這個宋國方真是……我的面孔一團熱，臉都不知道擺哪裡去了？不過，應該所有的男生都差不多吧！那麼晚上網，會到什麼好地方去？當然也是一些不適合跟女性一起觀看的網站。

只是這時候有個蕾蕾在身邊，真的很尷尬。

我勉強厚著臉皮，一個一個查清他曾經上過哪些網站，不過都沒什麼有用的消息。

「我先回房間去了，你們慢慢看。」張明誠逃進房間，留下我跟蕾蕾單獨相處，真沒義氣！

瞪了他一眼，他已經進到房間去了。

哎！

換了阿則的主機之後，也沒什麼好看的，除了剛才熟悉而不適合再度進入的網站，都是一些遊戲的網站，而輪到我的時候，就更沒有什麼好看的。我很慶幸這一陣子我熱衷的是遊戲，像是「天堂」或者「絕地求生」之類的，沒有亂上什麼清涼的網站，要不然給蕾蕾看到的話，可就尷尬了。

「都沒什麼啊！」我總算有勇氣回過頭來，看著她說話。

「什麼都沒有。」蕾蕾似乎有些失望。

「也許真的是巧合。」我安慰著她。

「可是他們在死之前的狀況，你不覺得很奇怪嗎？」蕾蕾的脾氣比我還執拗，連我都想放棄了。

「可是什麼都查不出來啊！」

蕾蕾沒有說話，她的眉頭深鎖，似乎在想什麼，我則覺得所有的事情都很複雜，不想再涉入。「好了，蕾蕾，妳就不要再想那麼多了，趙俊峰都死了，這些事，也不該是妳繼續查下去的。」

「阿超，我只是……」

「怎麼樣？」

「我……」蕾蕾似乎想說什麼，欲言又止，我想發問，這時候浴室傳來奇怪的聲音。

「怎麼回事？」我轉過頭。

浴室本來就有水聲，並沒什麼稀奇，可是這時候的水聲相當大聲，像是有人在拍打水浪。

是張明誠吧？馮維邦還沒有回來，張明誠可能跑去洗澡了。

「我知道最近給你帶來麻煩，真是抱歉。我想事情就先這樣子吧！我先走了。」蕾蕾說著，邊拿起背包，準備就要走。

「我沒有趕妳的意思，妳不要介意。」

啪啦啪啦——

又是水聲。

這次的水聲相當龐大，而且還傳來拍打，這個張明誠，洗澡就洗澡，幹嘛還在玩水？如果水費調高的話，吃虧的還是我們。

「不好意思，等一下。」我跟蕾蕾講完之後，就到浴室前面，對著裡頭大喊：

「明誠，你小聲一點好不好？」

張明誠沒有理我，他反而更用力了。裡頭傳來的聲音越來越大，還有著奇怪的聲音，像是說話的泡沫。

「怎麼了？」蕾蕾走到我身邊。

「張明誠在裡頭，不知道在做什麼？」

蕾蕾側耳聽了一下，臉色凝重。「你要不要進去看一下？」

第二章　調查

「他在洗澡，我進去幹什麼？」

「不知道，要不然你再叫叫他看看。」

很奇怪，蕾蕾的話，我就是沒有辦法拒絕，只好敲門再叫：

「張明誠，你在幹什麼？張明誠？」

裡頭還是傳來那奇怪的泡泡聲音，就像是有人在水裡，想要講話，卻只能從嘴巴吐出一堆泡沫。

我了解了蕾蕾的不安從何而來，連忙拍門大叫：

「張明誠，開門！說話呀！張明誠。」

裡頭沒有人回應，依舊是那噗嚕噗嚕的泡沫聲，裡頭似乎還夾雜著其他聲音，非常細微，如果蕾蕾沒有說的話，我是不會去注意到的。可是前幾天阿則才死掉，如果再有意外的話——我不禁起了雞皮疙瘩。

「張明誠，你開不開門？再不開門的話，我要進去了！」我對著門大叫，張明誠沒有回應。

我後退一步，對蕾蕾道：

「妳讓開。」

蕾蕾讓開之後，我抬起腳，用力往門板踹了一下，門板應聲而開，而裡頭嘩啦嘩啦，不絕於耳的水聲，正從牆上的蓮蓬頭灑落下來，落到浴缸，浴缸的水是滿的，而張明誠整個人就在裡頭——頭在裡頭！

「啊！」

「張明誠！」我驚慌地大喊，顧不了旁邊的蕾蕾，衝進去想把張明誠從水裡拉起來，他卻推開我的手，不想要我救他的樣子。「你在幹嘛？快起來……快起來！」

無論我怎麼使出吃奶的力氣，張明誠就是不為所動，他不要我救他，難道要我眼睜睜地看著他溺死在水裡嗎？

想到這裡，我渾身發涼，努力地想要把張明誠拉起來，卻反而被他捶了一拳！

喲！好痛！

我疼得差點掉下淚來，他打中我的鼻梁了啦！我摀著臉，難忍疼痛，而張

第二章　調查

明誠還在水裡！一時沒辦法救他。

突然間，蕾蕾衝到了裡頭，把浴缸裡頭的活塞拔掉，水龍頭關掉，水開始流掉，不過仍是蓋過張明誠的頭部，我看到蕾蕾想要將張明誠的頭抬起來，她的頭反而被張明誠拉進水裡，蕾蕾痛苦的掙扎！我不禁氣憤起來！

「住手！」

我忘了疼痛，趕緊上前抓住蕾蕾，用力往後一拉，兩個人都跌坐在地，雙雙叫出了聲！

「啊！」

「好痛！」

「你們在幹什麼？怎麼都在廁所裡頭？」馮維邦的聲音從後面傳來，我抬頭看著他，一手則指著浴缸。

「維邦，快，明誠他……快點！」我講不清楚，只好用指的。

「明誠？明誠怎麼了？啊！明誠，你在做什麼？」馮維邦從我的身邊跑過去，到浴缸裡把張明誠撈了起來，而張明誠沒有再掙扎，任憑馮維邦將他從浴缸拖了出來。

看到這裡，我終於鬆了口氣。

第三章　檔案

我們也把張明誠送到了醫院，不過他因為溺水太久，可能已經缺氧，當我們送到醫院時，已經昏迷過去，現在正在搶救中。

我和蕾蕾身上半溼不乾，站在醫院裡頭，驚魂未定。

「你們就是送張明誠過來的朋友？」

一名護理師站在我們面前。手裡拿著大概是登記資料的東西，嘴巴不停地問著：

「他的家屬呢？有跟他們聯絡過了嗎？什麼時候會過來？患者是怎麼出事的？有人可以把事情發生經過說明一下嗎？」她的筆在資料卡上面，正準備寫下東西。

「他是溺水的。」我吞吞吐吐地道。

「我知道他是溺水，在哪裡溺水？」

「浴缸。」

護理師抬起頭來，看著我，重覆我的話。「浴缸？」

「對，浴缸。」我們像是應聲蟲。

護理師白了我一眼，我知道她的心裡一定很想幹譙，不過這是實話，我很無辜地看著她。

「好，浴缸，你們有辦法聯絡他的家人嗎？」

「嗯嗯。」我點點頭。

「好，請他們盡速過來。」護理師說完，人就走了。

「你們兩個，誰可以告訴我究竟發生什麼事？」馮維邦站在我們後面，臉色也好看不到哪裡去。

我轉過身，身上溼冷冷的，又吹著冷氣，鼻子有點癢癢的。

「哈啾！」我打了個噴嚏。「張明誠自己跑到水裡去，我想要把他拉起來的時候，他還打了我一拳。」我指著自己的鼻子，攻擊的力道現在還未消，痛死我了。

「我也被他拉到水裡面。」蕾蕾摸著手臂，似乎感到寒冷。

「好端端的，他怎麼會跑去浴缸，把自己溺斃？」馮維邦似乎不太相信，不要說他，連我們都是。

「這是事實。」

馮維邦無言，畢竟在之前，阿則也把自己勒死了。自己，把自己逼向死亡之路。

「他要把自己溺死之前，他在做什麼？」

「我不曉得。」我搖搖頭。「我跟蕾蕾在客廳，後來他說他要進房間，等我們感到不對勁的時候，他已經在水裡了。」

「那他在房間做什麼？」

「我哪知道？我又沒有進去。」

「他會不會在上網？」蕾蕾提出這個問題，我跟馮維邦兩人都莫名其妙看著她。

「啊？」

「我只是想到最近把自己送到死亡路上的人，都好像在上網，才有這個想法。」蕾蕾吞吞吐吐地道。

張明誠房間裡的確有一臺電腦，不過我們在客廳、他在房間的時候，到底在做什麼？我們都不知道。

「要不要回去查查看？」我問道。

※　　※　　※

雖然不知道會發現什麼蛛絲馬跡，不過我還是來到了張明誠的房間，蕾蕾跟馮維邦就在我旁邊。

原本想要放棄的我，這時候也改變心意了。

兩名室友，一名已經死亡，一名因為溺水過久，造成腦部缺氧，現在在醫院的加護病房，更不用說最近還有幾起死亡案例，死之前的狀況都相當詭異。或許他們有交集點，或許沒有，這時候，我已經無法放手了。

現在得到的資訊，隱約可以知道，他們死之前，都曾經上過網。

網海浩瀚，他們有使用過共通的網站嗎？又或者曾經跟什麼人交談過？當然了，扣掉一些男孩子都會進入的色情跟遊戲網站，並沒發覺異狀，除非在這些網站當中，有著我們所不知道的祕密？

這些都是我們的推測，很可能只是白費力氣。

「有找到什麼嗎？」馮維邦問道。

「沒有。」

出事時，張明誠的電腦根本沒關，維持著出事前的狀態。他的手機也沒打開，所以不曉得他還有跟誰聯絡。

我們現在的方向，對嗎？

「張明誠最後進入的網站是什麼？」蕾蕾問道。

「是 Gmail 信箱，這裡也沒什麼。」由於電腦未關，而且還保持在登入的狀態，所以我可以看到一大堆的轉寄信跟廣告信。其中有幾封信，我看了挺眼熟的，大概我的信箱也被入侵過。

像什麼清涼辣妹秀，貸款的啦！還有什麼減肥、偏方的，都跑到垃圾信箱去了，那種根本理都不用理，我用滑鼠點到收件匣的地方，看到了幾封未閱讀和已閱讀的信件。

已閱讀的是之前張明誠看過，還留在信箱裡頭的，而未閱讀的則是今天發送的，而以今天的時間點來看的話，有封已閱讀的信件引起了我的注意，因為它寄件人的地方是空白的，而且它的主旨好眼熟……

「測驗你的死態」，這是什麼東西呀？除了主旨，內容和附檔一片空白，什麼也沒有。

「『測驗你的死態』……這是什麼？」馮維邦在一旁念了出來。

「大概是什麼垃圾信啦！竟然可以通過 Gmail 的攔截，跑到收件匣來啦！我前幾天也收過，不過還沒看。」

「我好像也收過。」蕾蕾咬著下唇，眉頭蹙了起來。

「這種垃圾信，沒什麼大不了啦，只是占空間。哈啾！」要命，鼻子怎麼越來越癢？一定是著涼了。

「你感冒了嗎？」蕾蕾關心地問道。

「沒關係，我很強壯的。」在女孩子面前，當然要保持點形象。不過馮維邦卻在一旁噗哧笑了出來，被我白了一眼。

「既然這樣的話，你先休息吧！我先走了。」蕾蕾真是個善解人意的好女孩，誰娶到她真是幸運。

「也好，妳先回去吧！」她今天應該也很累了。

「嗯。」

蕾蕾拿著背袋，離開我們的屋子，馮維邦則進來，刻意抬頭挺胸，學著我剛才的語氣：

「沒關係，我很強壯的。」

「你在幹嘛？」我惱火起來。

「你說呢？嘿嘿嘿！」馮維邦笑得很曖昧，讓人很想扁他。

「你最好不要亂說話。」他那副樣子，好像我跟蕾蕾之間有什麼，真是讓人難堪。

「沒幹嘛呀！不跟你玩了，我的肚子有點餓了，要去買吃的，你要不要一起去？」

從張明誠落水送醫到現在，大家都累了。

我看著客廳四臺主機，還有幾條線路，雖然馮維邦不會介意，但客廳畢竟是公共的地方，總是要整理一下，要不然等一下怎麼吃便當？

「你去幫我買個便當，我把客廳收拾一下。」

「好。」

馮維邦離開之後，我坐到客廳，準備把我的電腦關機，把所有的主機全部收起來。

離開之前，就剩我的主機開著，那時候本來想檢查阿則是不是上過某些網站，才會讓他們有那些異樣？卻碰到了張明誠將自己的頭壓在水裡面的事件，匆忙間就忘了電腦的事了。

現在，我們回來了，剛剛看到張明誠上他的網路信箱……

信箱？

我腦袋陡地一亮！

對了，之前一直懷疑他們是不是上過什麼網站？造成他們行為異常，卻沒有想到可能是收到什麼信件的原因。如果有這個可能性的話？我忙碌起來，把我的 Gmail 信箱打開，這幾天沒收信，轉寄信和廣告信又是一堆，還有一些看起來無關緊要的信件。

我發現我的信箱裡，也跟張明誠一樣，有封「測驗你的死態」的信。

這到底是什麼？廣告信嗎？

本來廣告信我一律刪掉，不想理他，但是想到張明誠的電腦裡，這封信件是標示閱讀過的，又剛好在出事當天。但張明誠電腦裡的檔案已經消失，而我的還存在，那麼，我可以打開嗎？

打開之後，會有什麼呢？不自覺的，我用滑鼠輕點……

信打開了，內容顯示了出來：

敬啟者，您好。

當你讀到這封信時，已經開啟了死亡之路，接下來，請依您的喜好，設定您的死亡，如果您要忽視或拋棄這封信的話，將由系統為您自動選擇。

現在，請您依照自己想要的死亡點選。

A 車禍

B 跳樓

C 溺水

D 利器

E 燙傷

F 自殺

……

※　※　※

這是什麼跟什麼呀？我看傻眼了，哪有人的信一開頭就詛咒人家死的？後面還一堆死法，而且不選的話，還強迫中獎，讀來就令人很不舒服，寫這封信的人，到底在想什麼？

我看一下寄件人，什麼也沒有。

做壞事又怕人家知道，哼，這根本就是惡作劇信嘛！有點類似連環信，只是更惡劣，一開頭就直接咒人家死亡，而且還那麼好意，可以任君挑選死法？我看了一下，沒有一個死法是好的，就不能有那種毫無痛苦的死法嗎？寄這封信簡直是來搗亂的。

最近遇到一堆事情，已經夠煩了，我實在不想理會這種信件，用滑鼠將它關了起來。

等一下馮維邦就要回來了，在這之前，我應該先把桌面收拾一下的。唔，怎麼頭暈了起來？

我撐著額頭，啊！一定是著涼了。為了救張明誠，身上溼漉漉的我，又在醫院吹了冷氣，當然會感冒了。

我站了起來，走到廚房。

喉嚨有點乾，應該倒杯水的，我伸出手，拿起了刀子……

刀子？

我拿刀子幹嘛？喉嚨乾癢的我，是想喝杯水的，為什麼我會拿出刀子？我疑惑地看著自己的手。

由於大部分時間，我們都是外食，所以宿舍沒什麼煮飯工具的工具，只有一個房東留下來的電鍋，還有一把我們自己買的水果刀，偶爾會切點水果來吃。

而現在，我的手拿著刀子，朝我自己的手腕，準備劃下去！

我、我在幹嘛？

我大駭地看著自己，左手的血汩汩流出來，尖細的傷口不斷湧出了血，而我的手，無法自己控制，又再劃了一刀。

這是怎麼回事？

我被自己奇異的行為愣住了，沒意識到刀子往我手腕又劃了過去，等我發現時，疼痛從手腕蔓延到全身，那疼痛使得我幾乎抓不住刀子，卻依舊朝左手腕繼續再劃下去！

割腕？

為什麼？我為什麼會割腕？為什麼？我到廚房，不是只想喝水嗎？為什麼我要拿刀自己割自己？

「不、不！住手！住手！」我大叫。

而我的手並不聽我的話，這次朝我的肚子捅了過去！好痛！我幾乎痛暈過去！

「住手！快住手！」我不斷對著我的身體大叫，而我的身體跟我的意識，像是分開的，依舊傷害著我。

我無法遏止恐懼，正如我無法控制自己，自殘著我的身體。

「不——」我痛得聲音都變調了。

為什麼會這樣？我不斷大叫，希望我快點住手，但我的手卻不聽使喚，刀子依舊朝我腹部刺了進去，我哭了出來，不知道該怎麼辦？

我不要死，我不要死啊！

「救命！救命！」

我嗚咽地哭了起來，卻沒有辦法制止這一切。

這是個很奇異的感覺，就像在夢中，我看著我自己，正凌虐著我的身體，可是這不是夢，那痛楚，清清楚楚，深刻顯明，我可以感受到痛楚，可以感到我的血流了出來，甚至可以感受到刀子桶進去之後，我在翻轉刀面，攪動著我的肉體。

像是這身體不是我的，只是一塊肉而已。

為什麼？我要摧殘我自己？為什麼？

我沒有答案，只知道血流出來後，那暈眩更甚，而我的手，仍無法控制，不斷往我肚子刺，彷彿剛剛的割腕，只是在試刀子銳不銳利？試了之後，才往軀體插。

我並不想要死啊！

「阿超！你在幹什麼？」

一記大喊聲從我耳邊傳了過來，是馮維邦，有人？他回來了！太好了！

「維邦，快、快來救我！」我虛弱地道，刀子拿了起來，對準我的——喉嚨？

「阿超！」

我看著那把刀子對著我的喉嚨，淚水不斷湧了出來，我知道刀子的銳利程度，只要它刺向我的喉嚨，我的喉嚨就會像水管一樣，輕易地被切開，然後鮮

第三章　檔案

血像水注一樣狂噴！再也無法求救！

恐襲從腳底襲來，全身遍涼。

不要、我不要死，不要！

我只是個普通的大學生，還有很多事沒做，我也沒有想不開，為什麼我要殺了我自己？為什麼？

驀地——

我緊緊地被抱住，是馮維邦！

「你在幹嘛？為什麼這麼想不開？」我可以聽到他的聲音帶著驚愕。

「維邦，快點救我。」我含著眼淚，希望有人可以阻止這一切，救我！快救救我！

「就算阿則死了，你也不用這樣。」

不，不關阿則的事，我並沒有想要自殺，我並不想死，可是我這時候沒有時間解釋，只能不斷求救！

「救我，快救救我，我不想死。」

「阿超？」馮維邦的身體震了一下。

「救我，快救救我。」

……救我，快救救我……

轟！

我明白了！

我明白那些自殺之前的人，他們的心境了，原來他們和我一樣，自己的身體，都不受控制，都奔向死亡，所以，才會要人家救他。

趙俊峰一定很不希望跳下去吧？還有宋國方也是。

那阿則呢？

明明不想死，卻一直勒著自己的脖子，一定很痛苦吧？可是身體卻偏偏不聽話，硬將自己勒死，絕不好過。

我也好不到哪裡去。

這個時候，紛亂的想法紛沓而來，而我的手向後一揮，把馮維邦撞倒在地，我回過頭來看他。

第三章　檔案

「救我，維邦，救我。」就算是這樣，我還是不想死啊！

為什麼我要這麼莫名其妙，自己被自己殺死？我不要啊！儘管我不斷地大喊，命令自己的身體住手，它還是舉起了亮晃晃的刀刃，在我面前嘲弄，準備刺向我的喉嚨！

「阿超！」

馮維邦朝我衝來，將我撞倒在地，我一個站立不穩，頭不知道撞到什麼？眼前一黑——

※　　※　　※

到底，我會怎麼死掉？

一下子奔向車子，還來不及感受落地，就發現自己正在水裡，無法呼吸，我不斷地掙扎，想要逃開，卻發現身子正在下墜、下墜，究竟要墜到哪裡？卻看到我在血裡？

然後，我看到我的手，不斷地刺著我的身體，破壞、切割，我看到我將我自己的血管切開，筋脈挑起，我看到我的骨頭？

啊啊啊！我不要死！啊啊——

「啊！」

我叫了起來，張開眼睛，看到滿目的白色，白色的天花板、白色的牆壁，就連床單也是白色的。

「阿超，你醒來了？」蕾蕾站在我面前，滿臉焦急。

「我……」

哎喲！好痛！怎麼那麼痛？不只身體痛、頭痛，連手都在痛，這是怎麼一回事？我摸著頭，看著手腕，用紗布包起來，還有肚子，也被紗布纏得密密麻麻的。

我呆滯地看著這些。「這是怎麼一回事？」

「你……」

「我怎麼了？快說啊！」

「你自殺了。」蕾蕾吞吞吐吐地道。

「怎麼可能？我怎麼可能會自殺？」我立刻大喊起來，我一喊，隔壁床的人轉過頭來看我，我一凜，連忙閉嘴，然後小小聲道：

「不可能，我不可能自殺，我怎麼可能自殺？」自殺有什麼好玩的？除了痛苦之外，什麼也得不到？我怎麼可能自殺？

「我知道，我知道，你安靜一點。」蕾蕾的聲音讓我感到安心，同時也害怕她誤會什麼，我急切地解釋：

「我不會自殺的，妳知道的，對不對？我不會自殺。」

「對、對，我知道。」

「我沒有要自殺，生命那麼美好，我怎麼可能自殺，對不對？」我不想讓蕾蕾誤會我是那麼懦弱的人。

「對、對。」

儘管知道她有可能在敷衍我，我還是感到受用。我安靜了下來，看著四周，這裡是醫院，而向來健壯的我，怎麼可能會住院？

「我怎麼會在這裡？」

「馮維邦說，你拿著刀，一直刺自己，他想要阻止你，你卻把他推開。」蕾蕾說得很慢，怕我聽不懂似的。

「把他推開？」

「對。」

有人要阻止我自殘？我卻把他推開？那不是跟張明誠的狀況一樣？我打了個冷顫，不了解為什麼會這樣？

「阿超，」蕾蕾喚著我，「到底是怎麼回事？你怎麼會拿刀子傷害自己？」我不悅，正想要抗議，蕾蕾又接著說了：

「我知道你沒有自殺，我知道，只是，你怎麼會想拿刀子傷害自己？」

為什麼會拿刀子，我沒有想拿刀子啊？

頭好痛，不過我還是努力地思索，那時的我，只是想喝水而已，然後，我的手不知不覺拿了刀子，等我發現時，也很疑惑。

「我沒有，我也不知道。」我困惑極了。

「不知道？」

「對，我也不知道。」真的不知道嗎？那封信的內容，頓時在我腦海裡

第三章　檔案

浮起……

敬啟者，您好。

當你讀到這封信時，已經開啟了死亡之路，接下來，請依您的喜好，設定您的死亡，如果您要忽視或拋棄這封信的話，將由系統為您自動選擇。

現在，請您依照自己想要的死亡點選。

啊啊！會跟那封信有關嗎？我心裡陡地一亮！

因為我後來沒有理會，把它關閉，所以它隨機設定，讓我拿刀子自戕嗎？

我的背脊突然一陣發涼，有可能嗎？

那不過是一封電子信件，會有這麼大的影響力嗎？我的身體，怎麼可能違背我的意志？那麼那些奇怪的死亡例子，也是因為看過這封信嗎？大學生上網的人口那麼多，有多少人看到了？

想到如此，我不禁頭皮發麻。

「阿超，你怎麼了？臉色好難看。」蕾蕾出聲問道。

「信。」我唸了出來。

「什麼信？」
「不是普通的信，我說的是e-mail，一封主旨是『測驗你的死態』的信。我不知道跟這封信有沒有關係？可是我在打開這封信之後，就發生了這些事。」我整個人都不對勁，像附身似的，明明意識很清晰，卻無法控制身體。
「信？」蕾蕾似乎在思索著什麼。
「那封信很奇怪，哪有人在信中，一開頭就要人家死的。對啦！我是很常收到這種阿里不達的信，可是這種死亡威脅的信，我倒是第一次接到。對了，我什麼時候可以出院？」我想早點出院，把事情弄清楚。
「還要住大概兩個禮拜。」
「哇靠！怎麼那麼久？」我叫了起來。
「你的傷範圍太大，裡頭的內臟都被你刺壞了，所以醫生說，你得先住院一陣子。」

第四章　實驗

我沒有想到傷勢會那麼嚴重，連腸、胃都被刺傷了，這一待，就得在醫院裡住了兩個禮拜。

兩個禮拜耶！兩個禮拜耶！

不是兩個小時，或是兩天，而是我必須在醫院待上兩個禮拜，我開始哇哇叫！

「醫生，拜託，我可不可以出院了？」我跟醫生哀求。

「不行，你的傷口還沒好，需要留院觀察。」

「醫生！」

我哀嚎，醫生鳥都不鳥我，轉過身，又去巡視下一個病房了，根本是故意忽視我。

啊啊啊！這種煩悶、這種酷刑，簡直就是精神折磨。還不到三天，我已經快要抓狂，我不要待在醫院，我要出院！我想抓著窗戶，我想仰天長叫，不過礙於病房還有其他病人，我不能真的這麼做。

「阿超！」馮維邦進來了。

「維邦，你來啦！電腦帶來了沒有？」看到維邦，我就像看到來探監的人，欣喜不已。

「有，你看，我跟同學借的，你小心一點，不要弄壞了。」馮維邦遞給我一臺筆記型電腦，可以無線上網的。

「好。」

「你的精神不錯嘛！」

「對啊！所以我說要出院，醫生都不理我，氣死我了。」我沒有理他，逕自開機，然後上到我的 Gmail 信箱，打開來。

咦？不見了。

我上下搜尋，就是沒有看到那封信，我記得我沒有將它刪掉呀！那時候一堆事情，我根本沒心思去理它，就直接關掉信箱了——現在不只收件匣，連垃圾筒也找不到。

「怎麼樣？」馮維邦湊了過來。

「找不到。」

「你把它刪掉了嗎？」馮維邦知道我要借電腦的原因，所以才這麼積極幫我借了筆記型電腦過來。

「沒有啊！你看，我的習慣是把要刪除的垃圾信全部丟到垃圾筒之後，才會一起按清除。現在垃圾筒裡的信還在，那封信卻不見了。不可能，我不可能單獨將它刪除。」

「你確定？」

「我當然確定啊！」

「阿超，維邦，你們都在這裡啊？咦？怎麼有電腦？」蕾蕾也過來了，她看到我大腿上的電腦時，驚異地問道。

「維邦幫我借的，我在查上次看的那封信。」我回答。

「就是你說的那封信嗎?查得怎麼樣了?」蕾蕾也湊了過來。

「找不到。」我把整個信箱都找遍了,就是沒有那封信的蹤跡。「奇怪,我明明沒有刪掉呀!」我快速按著捲軸,想要看是不是被我留在哪個角落?但就是找不到。

「阿超,不要找了。」蕾蕾勸我。

怎麼可能找不到?那封信是關鍵呀!雖然我不確定那封信跟我的非自願性自戕有沒有關係?但那封信太過詭異,讓人無法自拔。

「不行!我得找它找出來。」我緊盯著電腦,手無法克制,繼續尋找。

「阿超!」

一定得找出來,我的生命,跟那封詭異的信件,有種說不出來的關係,一定得找出來!

找出來!找出來!

我敲打著鍵盤,心中湧起一陣狂熱,找出來!找出來……不,現在已經不知道是要找信還是要做什麼?這種熱情在我胸口湧起,我感到振奮,我想要碰電腦，我要電腦！管它是桌上型還是筆記型電腦，只要是電腦就好了，我的手指像敲著音符似的，不斷的在鍵盤上敲打。

現在到底是在找信？還是要打電腦，我已經搞不清楚了。

「阿超，夠了！」

一道聲音穿進我的耳裡，像是穿破迷霧，直達我的耳膜，震得我發痛！看到馮維邦準備將電腦抽走，我感到憤怒！

「給我！」我伸手想搶回來。

「找不到就找不到，你不要再找了。」馮維邦臉色難看，像看到什麼怪物似的，連蕾蕾的臉色也不好看。

「不行！我得找出來！」

「給我！」我大吼！

「不要！」

「給──我──」我瞪著馮維邦，只要他再不給我電腦的話，我就……

我就……

強烈的怒氣貫穿我全身，強得我想殺人！

「阿超，好了，不要再找了。」蕾蕾按住我的肩膀，馮維邦也在這時候將電腦抽走，而這時候，那股憤怒的浪潮消失了。

有種像什麼被抽走似的，剛才那股熱情已經沒有了，我虛脫無力，坐在床上，奇異地望著他們。

「你們怎麼了？為什麼這樣看著我？」

「你剛剛好奇怪。」馮維邦抱著電腦，吞吞吐吐地道。

「啊？」

「你剛剛怪裡怪氣的，表情也很猙獰，好像被什麼附身了，呸呸呸！」講到後來，發現場合不對，馮維邦對著地上連呸了好幾口。

「附身？」我莫名其妙地看著他們兩人。

「對啊！你剛剛像變了個人，一點都不像你。」馮維邦看著我，我對他的話感到莫名其妙。

我就是我，怎麼會換個人？

「阿超，你太累了是吧？要不然你好好休息，我們下次再來看你。」

※　　※　　※

在傷勢還沒痊癒之前，我還是得待在醫院。

而我的狀況，也不敢通知父母，只好請已婚的大姐來醫院一趟，不用講，她看到我時，自然被唸了一頓，而我也不敢把在身上發生的事情跟她講，免得到時候被送到醫院。

大姐來了之後，其他家人也來了，我被老爸罵到臭頭，老媽則哭哭啼啼。要命，我又不是真的要自殺，為什麼搞成這樣？

一切，都是那封信開始的。

本來老爸老媽要我出院後回家，好好調養，是我堅持要把課程讀完，他們屈服，但要我在出院之後，到大姐那邊去住，至於押金的部分，他們會去跟房東談。

無可奈何下，我只好答應了。

當掉入一個神祕的事件後，其他的困擾，或許沒那麼在意了。在醫院的這陣子，實在是有夠無聊的，要不是蕾蕾三不五時會過來，日子恐怕會發慌。

提到蕾蕾，我最近很期待她來看我呢！這到底是怎麼回事？

「阿超。」

才正想著呢！蕾蕾就來了，我眉開眼笑。

「妳來啦？」

「嗯，這湯是我自己煮的，我問過醫生了，他說你現在可以吃些清淡的料理，所以我就自己下廚。」蕾蕾幫我將腳底下的桌子移動到我面前，讓我可以方便進食。

「哇！妳真賢慧，以後誰娶到妳誰幸福。」我打開蓋子，聞香起來。

咦？蕾蕾的臉怎麼紅成那樣？我歪著頭看她。「妳怎麼了？發燒了嗎？」我想伸手去摸她的額頭，她嚇了一跳！身子往後退。

「沒、沒。」

「沒事就好。」我打開蓋子喝了起來，嗯，真好喝。

「現在還會不舒服嗎？」

第四章　實驗

「不會了，可是好無聊。」

「住院就是這樣，忍耐點，等好了之後就可以出院了。」

「妳講的我都知道，可是我已經被困在這裡幾天了，再不出去晒太陽就要發霉了，我好久沒去學校，好久沒喝珍珠奶茶，好久沒上網了。」大學生的美好日子，我竟然在醫院裡耗費青春？我不禁自怨自艾起來。

蕾蕾笑了起來。「沒那麼可憐啦！」

「妳又不是我，妳怎麼知道我可不可憐？」

「你……」

驀然，我的手機響起，我接了起來。「喂？」

「阿超。」是馮維邦，他的聲音聽起來很緊張。

「怎？」

「那個……」他吞吞吐吐。

「那個？電話費很貴，你快點說好不好？」我拿著手機催促，他打斷了我跟蕾蕾談話，真令人生氣。

「我也收到信了。」

「什麼信？」我一時反應不過來。

「就是那封什麼死態的信，你說你在自殘之前，收到的那封信。」

啊！我完全想起來了，就是那封讓人家選擇死相的那封信，語氣很客氣，事實上卻帶著威脅的那封信。想到馮維邦也收到這種信，我不禁腳底生涼，急得大喊了起來：

「不要開！」

「啊？」蕾蕾看著我，嚇了一跳！

「對不起，」我連忙跟蕾蕾道歉，又趕緊跟馮維邦說道：

「不要開，你千萬不可以開。」雖然只是個小小的動作，但我卻覺得有重重的威脅。也許開了不會怎麼樣，但就怕開了之後，會發生像我一樣的慘劇。

「好了，不要那麼大聲，我知道了。」馮維邦的聲音遠遠的，像是他把手機拿離開嘴邊在講話。

「真的不能開喔！」

「好。」

我掛斷電話，看著蕾蕾，我知道我嚇到她了。而另外一張床的病人，昨天已經出院了，所以這裡形同我的天下，怎麼說話都沒有關係。

「對不起，剛剛維邦說他也收到那封信了。」

「啊？」蕾蕾看起來更加緊張。「那怎麼辦？」

「不知道。」我抓著頭髮，感到煩躁，又怕馮維邦一時忍不住，會把信件打開，到時會發生什麼事？我不敢設想。

※　　※　　※

下了計程車之後，我和蕾蕾回到了租屋處。

我猛按門鈴，馮維邦過來開門，看到我的時候，他嚇了一跳！「阿超，你不要命啦？竟然跑出院？」

「噓噓！」我示意他噤聲，推他入門。「我是偷溜出來的，你不要亂叫好不好？」

「偷溜？萬一你又出事怎麼辦？你的傷口還沒痊癒。」

「哎喲！我很好，沒事啦！你們不要把我當病人好不好？」我相當生氣，他們的反應好像我是個無行為能力者。

「你是病人呀！」馮維邦和蕾蕾異口同聲！

咦咦？這麼合群？反正欺負我是病人就對了，嗚，我感到背後一陣黑雲，只差沒蹲在地上畫圈圈。

「我等一下就回去了，信在哪裡？」

「在電腦裡，我沒開，我先把它下載到 Outlook 裡了。」馮維邦說著，我則進入他的房間。

說起來，我們這間屋子的風水也不太好，大家都收到這種信，有的人會選擇直接刪除，有的像我這種人，就會笨笨地把它打開，結果會發生什麼事前完全不知道。

很多事情，真的就在一念之間。

我看著那封電子郵件，後面還有夾載附檔，看起來馮維邦真的還沒開，我緩緩地回過頭來。

「怎麼辦？」

「靠，你還問我們怎麼辦？」馮維邦叫了起來：「我以為你已經有辦法了，才會從醫院跑回來，結果你還問我們怎麼辦？」

「要是有辦法就不會變成這樣子了。」我抬起還包著繃帶的左手。

「那現在怎麼辦？」

我們兩個大男孩互看了好幾眼，卻想不出方法，想要知道最近的案件是不是跟這封信件有關，就得再打開一次，但如果打開，又發生不幸的話，這是最令我們擔心的。

「我看，」蕾蕾開口了，「就由我來打開吧？」

什麼？

「不行！」我叫了起來！

「不行、不行！絕對不行！」馮維邦不贊成。

「不、不，你們聽我解釋，我的意思是，不能在沒有準備的情況下，就任意打開信，因為不知道所有的事情，是不是都是因為這封信引起的？所以我想，如果你們把我綁住的話，剩下一隻手可以動，我再來開信，那麼，即使會發生什麼事，傷害也會減到最低。」蕾蕾提出她的想法。

「不行！太危險了！」我不能讓她冒險。

「可是，這是最能夠查清真相的方法。」蕾蕾解釋著。

「不管真相是什麼，我不能讓妳這麼做。今天就算沒有辦法調查出真相，我也不要妳出事！」

「阿超。」蕾蕾看著我，那種眼神好複雜。

我看著她，她看著我，我覺得我們之間怪怪的，我變得不敢看著她的眼神，又捨不得放開。

「我看，我來好了。」馮維邦開口了。

「啊？」我轉頭看著他。

「就照蕾蕾講的，先把我綁起來，然後剩下一隻手，讓我可以移動滑鼠，如果真的有什麼事的話，我也做不出來。」

「維邦，你……」

「這是目前的方式，你也想查出真相吧？我知道事情很詭異，隨時都有可能會失去生命。但是阿則呢？明誠呢？難道就這樣放棄，不能為他們討回一個公道嗎？」馮維邦嚴肅地道，聽得我心頭沉重起來。

「這太危險了。」蕾蕾開口，被馮維邦阻止：

「妳是女孩子，我們怎麼可能讓妳冒險，阿超又受傷了，剩下的，就只有我。別再說了，就這樣決定了。」馮維邦說著，不容我們拒絕。

「維邦，你……」我說不出話來。

「別再你呀我的，我跟你講，等一下把我綁起來，如果真的發生什麼事，就把我揍暈，像你一樣，說不定就可以將傷害減到最低，你看你現在已經沒事了不是嗎？就照剛才說的，知道了嗎？」馮維邦交代著。

我雖然不太贊同，但是為了死去的阿則，還有因為缺氧而成為植物人的張明誠，也勉強答應了。

「好。」

※　　※　　※

就這樣，我們真的把馮維邦綁起來了。

為了讓我們的實驗能夠成功，確定那封信件是不是所有怪事的來源，我們真的做了。

只是在打結的時候，我又忍不住問了：

「你確定真的要冒險嗎？」

「我如果出事的話，你會救我吧？」馮維邦抬起頭看著我，他的話震懾了我。

「會，我會。」拚死命都會，就像他一樣。

「好吧！那來吧！」

於是我和蕾蕾把馮維邦的手、腳都綁在椅子上，只留下右手讓他使用，這樣一來，如果他的身體違背他的意識的話，我們還有解救的機會。

對了，我還準備了棒球棒，如果真的阻止不了的話，我就朝他一揮！呃，我會輕一點的啦！就算要阻止他的身體自戕，也不能讓他腦震盪啊！

於是，實驗開始了。

我和蕾蕾站在一旁，我緊張地猛嚥唾液，看著馮維邦移動滑鼠，按下那封信，內容如上次般，展露在大家面前：

敬啟者，您好。

當你讀到這封信時，已經開啟了死亡之路，接下來，請依您的喜好，設定您的死亡，如果您要忽視或拋棄這封信的話，將由系統為您自動選擇。

現在，請您依照自己想要的死亡點選。

底下是一堆選擇死法，沒一個令人舒服的，我緊張地看著馮維邦，怕他有什麼動靜。

一分鐘過去了，兩分鐘過去了。

「維邦？」我忍不住，叫了出來。

「嗯？」馮維邦轉過頭看我。

「你有沒有覺得哪裡不同？」

「沒有啊！」

「身體沒有覺得哪邊怪怪的嗎？」

「沒有，喂！阿超，到底要多久才會開始呀？」馮維邦大叫著，身體開始扭動起來。

「我、我也不知道。」

「那可不可以先把我解開，我剛剛太緊張，想要尿尿，忘了去上，現在想要尿尿啦！」

喔喔！

我連忙上前將他身上的結解開，由於剛才綁的是死結，多花了我一點時間，結果馮維邦一被鬆開，就連忙往廁所跑去。

什麼也沒有發生。

蕾蕾站到我身邊，像是輕鬆，又像是失望。「好像跟信沒有關係。」

「是啊！」

「那你為什麼……」蕾蕾看著我，我知道她想說什麼，連忙辯解：

「沒有、沒有！我這個人啊！天塌下來，還有高個兒擋著，不會想要自殺的，真的。」

「那事情又回到原點了。」蕾蕾眉宇間透露著失落。

「嗯，不要失望嘛！至少維邦沒事，對不對？」我只能這樣安慰著她。

※　　※　　※

就如同蕾蕾所說，事情又回到原點了。

張明誠依舊在醫院，少了兩個人去參加趙俊峰的公祭，而阿則則由他的大哥將他的骨灰帶回臺東老家。

而我，也搬到大姐家住了。

大姐婚後就跟她老公住在一起，還生了兩個孩子，她的家跟我的學校在同個縣市，不過通車有點麻煩，雖然我想抗議，但我知道，再說什麼都沒用，只好搬過來了。

就連馮維邦也都搬家了。

沒辦法，一間屋子出了那麼多事，房間租不出去，裡頭也不對勁，他想辦法跟房東周旋後，搬到另外一間學生宿舍。

至於蕾蕾，還在原來的地方。

儘管大家位置有異，距離相距甚遠，但還是可以靠著網路來聯絡。像我就要到了蕾蕾的 LINE，有空的話，就可以跟她聊天。

除了聊天，接下來就是玩線上遊戲了，我可以七、八個鐘頭而不罷休。搬到大姐家後，其實日子也沒什麼不同，當天晚上我就上網打混，過著我的逍遙日子，只要有電腦就好。我的「天堂」，我的「絕地求生」，我的「英雄聯盟」，我的「三國」，全都在電腦裡。

是的，只要有一臺電腦，我可以不要全世界。

「叩叩！」

什麼聲音？

「叩叩叩！」

誰呀？

「叩叩叩叩！」

可惡！誰一直在打擾我？不理他，這時候門口突然吹起一陣涼風，然後我耳邊響起熟悉的聲音：

第四章　實驗

「郭彥超，你到底在幹什麼？」

聲音明明十分輕柔，但力道卻像雷鳴似的，貫穿我的耳朵！我感到耳朵發麻，整個人震了一下！全身像是有什麼掉落似的，像是碎裂的靈魂，爭先恐後地退出我的軀殼，而我從裡頭爬出來，有種與世隔絕後，又重新回到人群的感覺。我茫然地看著四周，然後轉過頭，是大姐。

「幹嘛啦？」

大姐看到我的時候，似乎嚇了一大跳！向來穩重的她，眼神透著驚訝！「你在做什麼？」

「沒什麼，上網呀！」

「上網？你上網多久了？」大姐瞪著我。

「沒多久呀！一、兩個鐘頭而已。」

「什麼一、兩個鐘頭，你已經三天沒有出門，一個禮拜沒有去上課了！」大姐輕斥著我，我被她的話嚇了一跳！

「有嗎？」我不是才剛搬來兩天？

「我本來以為你是出了什麼事，讓你上網，安慰你一下，可是你搬來已經一個禮拜了，飯也不出去吃，成天待在房間吃泡麵，要不就是盯著電腦，你說，你這樣像話嗎？」平常不易動怒的大姐似乎真的生氣了。

一個禮拜？

我愣了一下，我記得才搬過來沒兩天，想說偷個空，玩一下電腦，跟別人聊聊天，怎麼就一個禮拜過去了？

「我……我……」

「你如果不想讀書的話，就辦休學，回到老家去，如果你還要住我這裡的話，就照我家的規矩來。」大姐話說的重，異常嚴肅，我知道她一定是看不慣我的作為，才會這麼說。

「喔！」

「現在，請你先把房間收一收，電腦關起來。」

我轉過頭一看，哇塞！房間什麼時候變得這麼亂？剛搬來的時候，我的課本雜誌，還有一大堆書籍不是擺在架子上好好的嗎？怎麼都擺得亂七八糟了？

而且房間的垃圾筒還有泡麵的碗，都有異味了，而電腦運轉的炙熱氣流，讓人感到相當悶熱。

我怎麼會變成這樣？

第五章　困擾

「不可以偷懶，還有那邊。」

「那邊？」我問道。

「桌子底下還有垃圾，把它清出來。彥超，我記得你以前房間亂歸亂，還不至於雜亂無章，現在是怎麼回事？上了大學之後，整個人就變了？」大姐聲調雖然溫柔，但整個人一直唸一直唸，唸到我耳朵都快長繭了，是不是要順便清一下耳垢？

在大姐的監督下，我終於把房間打掃乾淨了。整個神清氣爽起來，讓人感覺好多了。

「差不多了。」大姐擦著額上的汗，她幫我一起把房間整理乾淨。

「呵呵！」

第五章　困擾

「還有一個地方要整理。」

「哪裡？」我看了一下裡頭，都很乾淨，已經沒什麼地方遺漏了，為什麼還說有？

「你。」大姐看著我。

啊？

這時候大姐夫出現在大姐背後，他是個公家機關的主管，在市政府上班，我驚訝地望著他：

「姐夫，今天不用上班呀？」

「今天是禮拜天。」大姐夫看著我，冷冷地道，似乎對我很不滿。

咦咦？

我感到狼狽，連禮拜幾都搞混了，這是怎麼回事？我雖然很混，但混得這麼誇張，也太奇怪了。

「去把你的臉洗一洗，鬍子刮一刮。」大姐說道。

「我……」

「剛剛你有朋友打電話過來，說下午要來看你，你要這樣見人嗎？」大姐夫說著。

「誰？」

「她說她叫蕾蕾。」

「蕾蕾？」我叫了起來！

「有女孩子要來看你，還不快去整頓一下？」大姐說話了。

「好啦！」

我走到浴室，看到鏡子，嚇了一跳！這是我嗎？我終於明白大姐說的那些話是什麼意思了？滿腮的鬍子，亂七八糟的頭髮，雙眼凹陷，一副死氣沉沉的樣子，還有，我身上這件衣服穿多久了？為什麼皺巴巴的？

為——什——麼——會——這——樣？

我將鬍子刮除，趕快沖洗個澡，換了套衣服之後，清爽許多，才走出來。

房間好悶喔！我把窗戶打開，讓空氣對流。其實大姐這邊住的房子不錯，位處高處，只要把窗戶打開，就可以感受到外頭的涼風，那，我為什麼要把窗戶關起來？

還有，我的時間為什麼那麼怪？

腦袋像漿糊似的，無法運作，大姐說我這一個禮拜都待在房間，足不出戶，這是我嗎？我怎麼會這樣？

吃午餐的時候，我感到小外甥和外甥女奇異地看著我。

「小廷、佩妤，你們幹嘛那樣看舅舅？」我夾起一口蒸蛋放到嘴巴。

「舅舅，你終於吃飯了耶！」五歲的佩妤開口，她的話讓我愣了一下，蒸蛋隨之滑入喉嚨，讓我嗆了好幾下。

「咳、咳！妳、妳這是什麼意思？」我流著眼淚。

「你都在房間，不出來吃飯呀！每次叫你陪我們玩，你都說你要打電腦，叫我們不要吵你。」八歲的小廷說話了。

「對啊！有次我晚上起來尿尿，看到舅舅還在打電腦。」

「對啊！還邊打邊笑。」

「好奇怪喔！」

咦？有嗎？

「呵呵，舅舅沒聽到。」我尷尬地笑著。

桌上的氣氛滿怪異的，他們全以看怪物似的眼光望著我，好像我是外星人，不小心掉落地球，讓他們評頭論足。

「我吃飽了。」我放下碗筷，站了起來。

「等一下！」大姐叫住了我。「不要再進去房間了，等一下你朋友過來，帶他們出去走走。」

「是。」

※　※　※

我離開屋子，外面的陽光刺得我睜不開眼。

陽光好像久違了，這時候趁機晒得我滿頭大汗，我到隔壁的紅茶店，去跟蕾蕾碰面。想到蕾蕾，我就開心起來。

蕾蕾來找我耶！這陣子我都用 LINE 跟她聊天，兩人聊了很多……

這陣子？

第五章　困擾

我不是才搬沒過兩天，為什麼過了很久的感覺？而且我跟蕾蕾，好像每天都在通訊，那是做夢嗎？跟蕾蕾聊過什麼？為什麼我完全想不起來？

我的記憶，好像一幅水彩畫，被泡在水裡，模模糊糊的。

這是自殘的後遺症嗎？

我踏進紅茶店，強烈的冷氣吹得我微微發抖，我縮了縮身子，在店裡找尋熟悉的身影，終於看到了蕾蕾。

「嗨！蕾蕾！」我高興地迎了上去。「馮維邦，你也來啦？」我有些失望。

「幹嘛？看到我就那麼失望？」

「沒、沒有啊！」我不自然地回應。

「剛剛看到蕾蕾就很高興，看到我就垮下臉，怎麼差那麼多？」馮維邦不滿地道，我則回答：

「你想太多了。」

「是你太明顯了吧？」

「好了，你們不要吵了。」蕾蕾看著我們兩個，我則安慰她道：「沒事啦！

我們只是在玩而已。對了，你們怎麼會想要過來看我？」

「還說呢！你這一個禮拜都不來上課，只上網，我們以為你出事了，才過來看你。」馮維邦說道。

「一個禮拜？」有嗎？有那麼久嗎？我不是前天才剛出院？

「對啊！你不是傷已經好了，為什麼不去學校？」蕾蕾說道。

「而且上網還講那些奇奇怪怪的話。」馮維邦突然住口，他和蕾蕾互看了一眼。

我覺得不對勁，他們好像有事瞞著我，我急忙追問：

「我說了什麼話？」

「你連你自己講過的話都不知道喔？」馮維邦的語氣似乎不太好，眼神也很奇怪。

「我到底講過什麼話？」我也急了。

「還說呢！你跟我們講說怎麼樣死會比較有趣？還跟我們討論到底是跳樓還是撞車，不想理你都不行，如果不理你的話，你就洋洋灑灑，自己講了一堆，人家都去睡覺了還在講，每次打開LINE，都看到一堆你的訊息。」馮維邦似乎很不滿意。

「啊？」

「阿超，你……都忘了嗎？」蕾蕾看著我，若有所思的樣子。

「我不知道。」

馮維邦和蕾蕾兩人望著我，再加上這間紅茶店冷氣放得超強，害我一直起雞皮疙瘩。

我抹了把臉，不耐煩地道：

「你們不要那樣子看我，你們講的事情，我都不知道啦！」

「你最近到底在幹什麼？」馮維邦皺著眉。

最近？沒做什麼呀！日子就這樣過去了。

就這樣過去了？

我感到迷惑，這段日子，我到底在做什麼？我看著馮維邦，又看了看蕾蕾，搖了搖頭。

「不知道。」

「連課都不去上，你到底在做什麼？你到底要不要回去上？不想畢業了是不是？」馮維邦罵著我，我沒辦法辯駁。

窗外的太陽刺晃晃的，照得人的眼睛都要睜不開，但我為什麼卻一直覺得發冷？

※　※　※

「舅舅，你今天不打電腦了嗎？」佩妤坐在我的大腿上，用著軟軟的聲音問道。

「對啊！休息一下。」我看著電視。

「舅舅，電腦到底有什麼好玩？媽媽都不給我玩耶！」

「就是說嘛！」小廷也轉過頭來。「每次我想玩遊戲，媽媽就說不行，說眼睛會壞掉。可是舅舅，你玩這麼久，眼睛都沒壞掉呀！」

「這個，呵呵呵！」我傻笑。

要怎麼跟小朋友解釋，電腦到底可不可以玩這個問題？我還真是沒輒。電腦不是不能玩，只是要懂得節制，至少該做的事一定要完成，有多餘的時間才能使用。

不過我也不是什麼懂得節制的人，要不然怎麼會搞成這個樣子？

我不想跟小朋友討論這個問題，要不然他們這兩個古靈精怪，一定又會問一堆為什麼？

「來，不要吵，來看電視。」我把電視轉到新聞臺。

新聞上正好播出一輛監視器的畫面，拍到貨車高速駕駛、輾死人的畫面，我對兩個小外甥道：

「你們看，那輛車將那個人輾過去，也不知道有沒有死？應該再倒車，再輾個一次，這樣比較確定，最好是從頭……」

「彥超，你剛剛跟他們講什麼？」大姐突然從廚房跑了出來！臉色難看。

「什麼？我剛剛說什麼？」我愣愣地看著她，大姐不是在煮飯嗎？怎麼突然跑出來？而且我剛剛講了那麼多話，誰知道大姐要問什麼？

「舅舅剛剛說撞到人要再輾一次。」

什麼？

我看著才五歲的佩妤，圓滾滾的眼睛看著我，我怎麼會教小孩子這種話？是我嗎？我剛真的這樣說嗎？

「妳聽錯了。」我尷尬地道。

「舅舅是這樣說的呀！」小廷為他的妹妹辯解。

「你！」死小子，這麼不給面子。

「彥超，小孩子還小，你在亂說什麼？這種事情不要亂講，知道嗎？」大姐皺著眉頭。

「知道了。」

廚房傳來湯滾沸的聲音，大姐又退了回去，回去之前，還朝我瞪了一眼。

怎麼會這樣子啦？

我看著大腿上的佩妤，還有趴在茶几邊看電視邊寫功課的小廷，三個人大眼瞪小眼，我尷尬地笑了起來。

※　　※　　※

第五章　困擾

雖然被大姐殷殷告誡，不准再上網了，也把房間的 Wi-Fi 切掉了，但不上網的話，我總可以開電腦吧？

我不自覺地把手伸向電腦，開了主機。

輕輕啪的一聲，主機開始運轉，在半夜裡顯得格外清楚。還好大姐家裡房間多，我可以自己單獨一個房間。

螢幕開始閃爍，進入桌面。

沒有網路，不能上網，我無法開臉書，也不能玩線上遊戲，不自覺地，我打開了電腦內建的小遊戲，開始玩起接龍來。

不知道玩了多久，我的手機響了起來。為了避免吵到他人，我趕緊接了起來。

「喂？」

「阿超？」

「對，蕾蕾，妳怎麼會打電話給我？」看到來電顯示，我好高興。

「你都沒有看 LINE，所以我打電話問你怎麼了？」

「喔！那個呀？我姐說我電腦玩得太凶了，不准再玩了，就把我房間裡的網路切掉了啦！」

「原來如此。」

「找我有什麼事嗎？」

「我想問你，明天會不會來學校？」

「會呀！」失蹤了一個禮拜，再加上之前受傷請的假，再不回去的話，就要被當了。

「嗯，那明天見。」

「明天見。」

蕾蕾掛了電話，我看著手機，嘿嘿笑了起來。蕾蕾主動打電話給我耶！這對我來講，無疑是最大的鼓勵，去學校也顯得特別有幹勁。

將手放在滑鼠上，準備再接再厲！

咦？

接龍？我為什麼玩起接龍？我莫名其妙地看著接龍，這麼簡單的遊戲，是

第五章　困擾

我所不屑的呀！

自從有了線上遊戲，我就鮮少碰這種初級班的遊戲，覺得它挺幼稚的。

可是我為什麼會玩接龍？它並不是我的最愛。

我把接龍關起來，然後，又打開。

我關起來，又打開。

天！我在做什麼？我再關一次，我又將它打開。這種不受控制的感覺又開始了？

我吃驚地看著自己的雙手，根本不聽我的指揮。

十指飛快地在鍵盤上敲擊，更奇怪的是，我的手竟然嫌電腦系統不佳，進入BIOS系統，更改幾個設定。

這些我不是不知道，只是懶得動。

而這時候，為什麼我的手會動成這樣？脫離我的意識，像有什麼附身似的，我感到害怕，想要站起來，腳也不聽話。

不會吧？又來了。

我怕得想哭，只剩下頭還可以動。

如果有一天，連我的頭也不聽話了，怎麼辦呢？到時候我會怎麼樣？這個問題我根本不敢想下去。

「阿超，你還沒睡嗎？」一個聲音自門外傳了進來。

「姐，救我！」我痛苦的向外面求救，大姐的聲音傳了進來……

「已經很晚了，你再不睡的話，明天怎麼去學校？」

「救……救我！」

「什麼？」

啪！

門被打開了，一股清風從外頭吹了進來，化解了凝滯的空氣，我感到有什麼東西急欲從體內逃脫，然後拋下了我，我一個不穩，從椅子上跌了下來，一把鼻涕一把眼淚地朝大姐爬去——

「姐！」

「怎麼啦？發生什麼事了？」看我這個樣子，大姐也嚇了一跳！她跑了過來，將我扶起來。我感到有種被冷水淋過的洗刷感，全身都陰涼起來。

而她扶起我，我的第一句話就是：

「把電腦搬走。」

※　　※　　※

大姐一定不知道我為什麼要她把電腦搬走？不過我知道，她一定很開心，她向來反對我沉迷電腦。其實我也沒有多沉迷，頂多偶爾玩過頭，忘了去上課而已，其他方面，我都沒有影響到。

只是我知道，我必須要脫離這個東西。

說不出來為什麼？我突然對電腦感到恐懼，或者說，我們學校前陣子學生的死亡事件，調查到最後，都跟電腦有關，加上自身碰到的怪異事件，還是暫時不要碰好了。

好冷喔！為什麼太陽這麼大，我還是覺得冷？

我穿著外套，顧不得旁人奇異的眼光，還在脖子上戴圍巾，還戴了口罩，才進入教室裡頭。

我一進到教室裡頭，全班的同學都奇異地望著我。

我知道這個樣子一定很蠢，大家都穿背心、短袖，而我卻如同處在冬天，不斷地發抖。

是發燒了嗎？可是一點症狀也沒有。

而且，我也開始討厭跟人群相處。

對，我比較喜歡一個人吃飯，一個人上課，人家找我講話，我都不太想理他，能夠回到自己的世界，是我最開心的事。

只要有電腦，我什麼都好。

電腦？

咦？

我的電腦不是被大姐沒收了嗎？而且還是我要求的，為什麼我又會在電腦前面？

我抬起頭來，四周好吵，還有人講話的聲音，這裡是哪裡？我起身看了一下，我竟然在網咖？

第五章　困擾

我嚇了一跳！什麼時候進到網咖來的？我都不知道。

記憶像是一團漿糊，我什麼也記不清，我渾身發涼，對自己的行為感到恐懼，逃離了網咖。

離開網咖之後，我一個人在街上走著，感到自己越來越不對勁。

出院之後，我的記憶越來越模糊，有時很清楚，有時是一片空白，這到底是怎麼一回事？為什麼會這樣？那在那段空白的時候，我做了什麼？

一陣寒風吹來，我覺得好冷，胃開始痙攣，好想吐！

我扶著牆壁，蹲下來吐。

「嘔——」

像要把胃裡所有的東西吐出來似的，我不斷作嘔，但是我有吃東西嗎？我有進食嗎？胃裡空空的，我能吐出來的是什麼？

一堆青綠而又濃稠的嘔吐物出現在我眼前，黏答答的，在我吐出來之後，我的嘴角還有幾絲唾液，同樣泛著不正常色澤。人家不是說吃什麼吐什麼嗎？可是這奇怪的嘔吐物顏色讓我覺得詭異，我被這個狀況嚇到了，往後跌了一跤。

一陣風吹過來，我感覺好冷，奇怪，我的身體怎麼那麼虛？

我雖然不是運動員，好歹平常也有打打球、健健身，如今變成這樣，連我自己都感到不妙。

再加上記憶模糊，很多事情我以為沒做，卻又做了，我以為我應該在家裡，我卻在網咖？

我到底是怎麼回事？

※　※　※

「天啊！阿超，你怎麼變成這樣？」馮維邦看到我時，叫了起來。

「別吵。」

我直接走了進去，在他床上躺了下來。

因為從網咖要回大姐的家，實在太遠了，我只好先打電話給馮維邦，說要去他那邊，同時也步履蹣跚地走到他的新宿舍。

這一趟路，就走得我氣喘吁吁。

「你到底怎麼回事？」

第五章　困擾

「什麼怎麼回事？」

「你自己看。」馮維邦遞給我一面鏡子。

我接了過來，看著鏡子中的自己。雖然我不敢講自己是超級大帥哥，但也還算稱頭，可是鏡子裡頭的是誰？不但雙眼凹陷，顴骨高聳，一雙眼睛眼白比瞳孔的部分還要多，而且皮膚粗糙，像風乾橘子皮似的，臉色還灰慘慘的。

「啊！這誰啊？」我叫了起來，將鏡子丟掉！

「幹什麼？這我的鏡子耶！」馮維邦趕緊把鏡子接住。

「這是怎麼回事？」

「我怎麼知道這是怎麼回事？天啊！阿超，你是怎麼了？怎麼搞成這副德性？」

「我不知道，我不知道！」我對自己的變化感到恐懼。

「你是遇到什麼事？你現在比你住院的時候還要慘。」

是啊！住院的時候，我都沒有覺得這麼虛，整個身體像是從裡頭發出寒氣，彷彿我整個人是臺冷氣，不斷向外發散寒意。

「我覺得……不舒服。」

「阿超，要不要我送你去看醫生？」馮維邦問著我。

「我不知道。」

「還說不知道？我看我還是送你去看醫生好了，走走走！」馮維邦硬把我拉了起來，我不要，他硬扯著我，我雖然很不耐煩，卻也沒力氣去跟他爭，而馮維邦卻不放棄，硬拖著我，我感到體內有股濃厚的氣漸漸在聚集，然後從我嘴巴衝出：

「叫你放手你聽到沒有！」

那是一個清亮的，尖拔的聲音，跟我的破鑼嗓子完全不同，就這樣從我嘴巴發出，我嚇了一跳！

馮維邦同樣也嚇了一跳！「阿超，你的聲音怎麼怪怪的？」

「我不知道，剛剛那是什麼聲音？」我摀住嘴巴，自己也嚇到了。

「不像是你的聲音耶！」

「對啊！」雖然很不願意承認，但還是無法否認。

第五章　困擾

「阿超，」馮維邦上下打量我，看得我直起雞皮疙瘩，「你真的不對勁。」

「我知道。」

「不去醫院的話，」馮維邦又瞄了我一眼，「你就先回家吧！要不然你這樣子半夜走在路上的話，會嚇死人的。」

我只能苦笑。

第六章　附身

回到了大姐家，我趕緊將自己關在房間。

我這個樣子，如果給小廷跟佩妤看到的話，他們一定會嚇到的吧？只是我怎麼也想不出來，自己為什麼會變成這樣子？感覺就有點像行屍走肉。

對，行屍走肉，彷彿能夠動的只是一具軀殼而已，而我不見了。

我就是我，為什麼會不見？消失的記憶，又跑到哪裡去了？

等我再度有意識時，已經很晚了。

天！時間又不見了，在我不注意的時候，又被人偷走了。我感到瘋狂，幾乎崩潰，為什麼會變成這樣？我不要變成瘋子！

「呵呵呵！」一記笑聲，迴盪在屋內。

誰？誰在笑？

第六章　附身

已經十二點多了，誰會半夜在我房間笑？那笑聲細細尖尖的，帶點清亮，就像頑皮的小孩，半夜在我耳邊嘻笑。

房間裡哪來的小孩？小廷和佩妤都睡了呀！

「嘿嘿嘿！」笑聲又開始了。

深夜的笑聲，顯得異樣而恐怖。

「哈哈哈！」

驀地——

不對！笑聲是從我口中發出來的？

我驚駭地捂住自己的嘴巴，怎麼會這樣？我為什麼會笑出這種聲音？重點是，我為什麼會笑？我並不想笑呀！

克制不住的笑聲，從我嘴裡吐出。

「嘿嘿嘿！哈哈哈！」

不！不要笑了！我捂住自己的嘴巴，想要禁止它笑，它卻不聽話，不斷地笑著，笑得我臉都僵了。

不要笑啊！不要笑！

我想哭，眼淚都流出了來，嘴巴還一直在笑，一直在笑。

怎麼會這樣？我的身體完全不受控制了，再這樣下去的話，我就不是我了！怎麼辦？這到底是怎麼回事？誰來救救我？

驀地，我從窗戶的反射下，看到我的倒影，只是，那個倒影……穿著白色襯衫和短褲，還戴著副眼鏡，而張得好大的嘴巴正開心地笑著，可是我因為怕冷，是穿著長袖，還有長褲。更何況，我雖然有近視，但度數淺，沒有戴眼鏡，為什麼鏡子裡的人有戴眼鏡？

而且他發現我在看他，他笑了。

他的笑容猖狂且放肆，厚重的眼鏡後面，透露出邪惡的眼光。對，邪惡，光看那個眼神，就足以令我發麻。

如果說，那個不是倒影，而是有其他人的話，站在外面，那還可以解釋。不過，大姐家在六樓啊！

啊啊啊——

第六章　附身

「叩叩叩！」

敲門聲在此時響起！

「郭彥超！已經很晚了，小聲一點，你姐夫明天還要上班，兩個小孩明天還要上課，你……」大姐的聲音響起，倏地，我頭上的燈忽然打開，窗戶的倒影也不見了！像是有什麼爭先恐後地跑走，我的身體也可以動了！

再也忍不住，我打開房門，衝去抱住了大姐——

「啊啊——」

※　※　※

「彥超，你最近到底怎麼回事？」大姐倒了杯水，放在我的面前。

「我……」我不知道該怎麼說？發生在我身上的事太過怪異，如果說出來的話，只會讓她把我送到醫院吧？我知道我沒有瘋，我也沒看錯，剛剛窗戶上的影子，不是我眼花。

「你這樣子，我很擔心，我跟爸媽商量過，或許你的室友的事給你太大的打擊，你要不要休學，先回家裡一陣子？」

「不、不要！」我叫了起來！

「彥超？」大姐微蹙著眉，我也察覺到音量太大，趕緊捂上嘴巴，低聲地道：

「我知道最近讓你們擔心了，對不起，不過，我不想休學。」休學的話，我就沒辦法把事情弄清楚了。

「你知道，我很擔心你。」我在家裡是最小的，大家都很關心我。

「我知道，可是我不想這樣就回家，有些事情，讓我自己去解決，真的，我會解決的。」這麼說的時候，其實我自己也不確定，只是不想讓大姐還有爸媽繼續擔心而已。

大姐看著我，須臾：

「好吧！如果需要幫忙的時候，你一定要講，不要隱瞞，好嗎？」大姐還是像大姐，小時候，都是她在罩我的，現在還是這樣，我亂感動一把的。

「好。」

「時間很晚了，我要去休息了，你也早點睡吧！」大姐站了起來，移動身子的時候，我嗅到了一陣香味。

「大姐，那是什麼味道？」

「什麼？」

「妳去廟裡嗎？」那是一種檀香的味道，淡淡的，進到我的鼻間，不過不像廟裡那種香煙環繞的惱人氣味，聞到這種味道，令人很舒服。

「早上去過了，怎麼了？」

「沒，妳身上還有味道。」

「是嗎？我不是洗過澡了嗎？還有味道嗎？」大姐朝自己的手臂嗅了嗅。「沒有啊！」

「妳什麼時候會去拜拜了？」我看著她，我記得她沒有信教的。

「有了小庭跟佩妤之後，我就常往廟裡走動，希望保佑他們平安，還有你姐夫的工作能夠順利，裡頭的師父說我很有慧根，叫我要修行。」

「那妳不是要出家？」我嚇了一跳！

「所謂修行不一定要出家，而是自我的修行，在家裡也可以，師父說我很有佛緣，我已經在那裡五、六年了。」

「喔！」沒想到大姐竟然這麼有心？

「我也替你求福了，希望你能早點振作起來。對了，這是我替你求來的，你戴著吧！」大姐拿了個黃色的平安符給我，我搖了搖頭。

「戴這個幹嘛？」

「你不要將它看成是什麼迷信，就當做是一種關心吧！」

大姐都這麼說了，我只好收下來。

※　※　※

那個人……我似乎在哪裡看過？回想著昨夜的狀況，我還是不寒而慄。只是時間不對，再加上夜晚，氣氛那麼恐怖，不論是不是熟悉的人站在外頭都會讓人嚇到，更何況，外面是六樓耶！

想不透，一直想不透。

「阿超。」

甜甜的聲音響起，驅散了我恐怖的記憶，我轉過頭，是蕾蕾，她笑得好可

第六章　附身

愛，朝我走過來。

只是我看到她看到我時，眼睛一直睜大，腳也停了下來。

「你怎麼變成這樣？」

我知道我現在的樣子的確有點嚇人，因為完全不像我。原本有運動而強健的體魄，脂肪像被抽走似的，肉消了下去，而且還軟趴趴的，更不用說三不五時就感到疲累。

「嗨！蕾蕾。」我苦笑著。

「你比在我上次見到你時還要糟糕，憔悴得好厲害，你是怎麼回事？」蕾蕾一開口就直指我的要害。

「我沒事。」

「還說沒事？你看你憔悴成這樣子，難道你姐姐都沒有照顧你嗎？」蕾蕾焦急地道，我感到她真的在關心我。

「有，她有照顧我，只是……」不想讓她嚇到，我選擇不說。「對了，妳說有事要跟我講？」早上的時候，蕾蕾打電話給我，我們約好中午在學校裡的交誼廳碰面，我二話不說就答應了。

「對。」

「有什麼事？」

我看到蕾蕾的表情遲疑了一下，之後，緩緩開口：

「我也收到那封信了。」

「什麼？」我叫了起來！交誼廳裡其他的學生都轉過頭來，我成了大家的焦點。

顧不得一切，我抓著她的手，緊張地問道：

「妳開了嗎？千萬不能開！聽到了嗎？」我好怕萬一她出事，我會受不了的。

「我沒開，你放心，我沒事，馮維邦也開過了，他也沒事，不是嗎？你放心。」蕾蕾安慰著我。「還有，我發現學校也有不少人收到這封信。」

「什麼？」我睜大了眼睛。

「這兩天我問過我認識的人，問他們有沒有收過這種信？有些人忘記了，有些人說有，可是大部分都認為是垃圾信件刪掉了，也有人開過，可是，目前好像沒聽到什麼意外。」

「沒事？」我愕然。

「我也不清楚，說不定發生什麼事，而我們不知道。這只是我的猜測而已，也許，這幾起死亡，只是巧合而已。」

「不，不是巧合。」從嘴巴吐出這句話時，我嚇了一跳！

「啊？」蕾蕾睜大了眼睛看著我。

我捂著嘴巴，這是第幾次，從我的嘴巴吐出違反我意志的話了？往往在不自覺間，從我的嘴巴冒出奇怪的聲音。

這次也是。

而蕾蕾顯然沒發現我的聲音不對，逕問：

「阿超，你是什麼意思？」

我要怎麼跟她解釋，那不是我想說的話，可是說出來的話，會不會嚇到她？只好趕緊轉話題：

「妳說很多人收過這種信，打開後沒事？」

「好像是這樣。」

「那信呢？」

「我的電腦裡還在，我沒刪掉。」

「帶我去看看。」這次，我也搞不清楚，到底是不是我的意願了？

※　※　※

蕾蕾帶我來到了她的宿舍，這間大樓外面就貼著專租女生的紅色紙條，不過到底是不是全部都是女生在住？就不得而知了。

我和她到了三樓，進到了她的房間。

這是我第一次進到女孩子的地盤，有點緊張。為了避免尷尬，我盡量找話題。

「妳在這裡住多久了啊？」

「三年了。」

「妳從大一就住在這裡啊？」

第六章　附身

「是啊！」

「都一個人住，不會怕嗎？」

「還好，旁邊人都滿照顧我的，大家很像一家人。」蕾蕾邊說，邊打開房門，讓我進去。

不愧是女孩子的房間，不但打掃得乾淨整齊，空氣中還泛著一股甜甜的香味，是香水吧？蕾蕾的房間位置相當好，採光舒適又通風，讓人覺得很舒服。

而她的電腦，就在書桌上。

看到電腦，我就開始焦躁不安，想要上前，又有點恐慌，我不知道我為什麼會這樣？是得了電腦恐懼症嗎？

蕾蕾坐了下來，按下開關。

既然電腦是她的，我總不好跟她搶吧？我站在一旁杵著，看能不能輪到我碰電腦？

蕾蕾操作了一會，然後道：

「好了，在這裡。」她打開信箱，用滑鼠指著「測驗你的死態」這封信，裡頭還有夾帶檔案。

「妳還沒開？」

「對。」

「借我用一下電腦好嗎？」

「好。」蕾蕾站了起來。

我坐在她的位置，摸著螢幕，嘴角微笑了起來，啊！這種感覺真是舒服，就像是下雨天在屋內憋了許久，突然陽光乍晴，走到外面透氣那種舒暢。我抬起手，將手放在鍵盤上，然後熟練地操作鍵盤，迅速地將這封信轉寄給蕾蕾通訊錄裡面的所有人。

「阿超，你在幹嘛？」

「大家都要死啊！」我轉過來，看著蕾蕾，我可以看到她眼底的驚恐，得意地笑了起來。

蕾蕾退了好幾步，臉色蒼白。「阿超，你、你怎麼了？」

我沒有理她，轉過頭，打著電腦。

第六章　附身

「阿超、阿超？」

我掏了掏耳朵。

「阿超，你不是……阿超嗎？你到底是誰？」

我將兩腳縮在椅子上，一隻手放在鍵盤上，一隻手放到嘴巴咬指甲，斜眼看著蕾蕾。

「我……我是汪大為。」

※　※　※

都什麼時代了，居然還有人用這種映像管的螢幕？我看著這種老型的電腦，相當不屑，就連鍵盤也泛黃粗糙，毫無質感可言。啊！不管了，至少我還可以打電腦，還可以上網，找尋到我所熟悉的資源。

當我登入LINE，一些未讀訊息跳了出來；當我打開我的臉書，也是跳出好幾個對話視窗。

呵呵呵！好久沒有這樣，和人暢所欲言了。

我正在飛快地和認識和不認識的網友聊天，後面窸窸窣窣，窸窸窣窣的，煩死人了，我一轉頭，對著門口大叫：

「吵什麼？」

然後又回頭打我的電腦。

「阿超？」

超什麼超？吵死了。我不想理他，那個聲音又在我耳邊響起：

「阿超，是你嗎？」

「別再叫了，煩死了。」我轉過頭，對著站在門口的那兩個人叫道！吵死了，他們不知道我這個人最不喜歡吵了嗎？他們顯然愣了一下，但那個男的還是不知死活：

「阿超，你在做什麼？」

「你在煩什麼？出去！全部給我出去！」我不耐煩地大吼！而旁邊那個女孩子已經嚇哭。

嘖嘖！女孩子果然麻煩，動不動就哭。

「馮維邦，怎麼辦？他是不是阿超？」靠！我是不是阿超，她還不清楚嗎？

是要講幾遍？

「蕾蕾，不要緊張，沒事的、沒事的。」男孩子說道。

我不想理他們，又回過頭打我的電腦——哦，這臺電腦不是我的，是那個女孩子的，我才不用會這麼不入流的電腦，不但跑得慢又常斷線，看來有必要再經過我的改造才能升級。

「阿超，你聽好了！這裡是蕾蕾的房間，你給我出去。」馮維邦對著我大罵，我相當不爽，把頭轉過去。

他們兩個臉色一個發青、一個發白。

怎麼？是沒看過有人會將頭一百八十度的倒轉嗎？叫我滾出去？我看先讓他們滾出去吧！

我將雙眸睜大，將整個眼珠裸露在外，聽到蕾蕾尖叫的聲音，我更興奮了，接下來，我將嘴巴張開，呼出我的氣息，不用說，整個房間都充斥著我的味道，腐爛、噁心，像菜市場中沒賣掉的爛肉氣息。

他們站在門口還不走？是不想走還是走不了？沒關係，我的手離開鍵盤，捧著頭，輕輕的將它拿了起來。

女孩子暈了過去，男孩子則抱著她，連滾帶爬地離開房間。

終於，安靜了。

我重新將頭擺回脖子，將它喬好位置，剛剛呈一百八十度的扭轉，可能有些筋扭到了，沒關係，喬好就好了。

這樣子就好了，這樣子就沒有人可以吵我，我又可以打電腦了。電腦，我只要電腦。

「鈴鈴！」

什麼聲音？

「鈴鈴鈴！」

刺耳的聲音鑽入我的耳朵，讓我耳膜發疼，我連忙捂住耳朵，尋找聲音的來源，赫然發現，竟然是在我的口袋？我連忙將口袋中的東西拿出來，原來是手機。

下意識的，我按下通話鍵，一股巨大且莊嚴，足以讓我頭腦爆炸的聲

第六章　附身

音響起——

「彥超，我是大姐，你晚上要不要回來吃？我要準備洗米了，喂？你有在聽嗎？喂喂！」

※　　※　　※

頭好痛……

那個巨大的聲音，就像無數個鑽子，不斷地鑽著我的腦袋，想要把我的頭鑽破似的，痛死了。

不要再講了，痛痛痛！

啊——

我跳了起來！

咦？這是哪裡？這裡不是我的房間嗎？我怎麼會在這裡？我不是在跟蕾蕾碰面，她說她也收到那封信，然後我去她家了嗎？怎麼又會在這裡？

好像我在她房間做了什麼事？可是想不起來。

頭好痛，我捧著頭，聽到外面有聲音，嘰嘰喳喳的，我忍著頭痛，站了起來，走到門口，推開一點縫隙。

「謝謝你們送彥超回來，要不要留下來吃飯？」是大姐，她在跟誰說話？

「不用了，我們先回去了。大姐再見。」是蕾蕾？她到我們家來了？

我開心地想要出去跟她說話，她和馮維邦已經離開，大姐關上大門，我跑了過去，對著大姐叫道：

「大姐，蕾蕾過來找我，妳怎麼沒有叫我一下？」

大姐看著我，那模樣有幾分古怪，看得我雞皮疙瘩都起來了。「妳、妳在看什麼啦？」

「你好一點了嗎？」莫名其妙的，大姐突然問這種話。

「我？我很好呀！幹嘛這樣問？」

「你暈倒在人家女孩子房間，是你姐夫開車去把你載回來的，你都不知道嗎？」

啊？有這回事？

「既然我都暈倒了，我怎麼知道？」我不服氣地回應。

第六章　附身

「等一下吃完飯後，我帶你去醫院。」

「我不要去醫院！」我叫了起來。

「不行，生病就要去醫院。」

「我不要！我不要！」我像個小孩子似地耍賴，忽然有股力量，從我的心臟衝到喉嚨，破口而出：

「我不要去醫院！」那是不同於我的聲音，一個如刀刃般的聲音，劃破了空氣，我感到大姐呆了一下！

不要說她，連我都呆住了！

「我、我……」我連忙捂住嘴巴，避免那奇怪的聲音再跑出來。

「彥超，你很不對勁，你到底怎麼了？」大姐朝我走過來，我感到她的全身像有一團氣似的，像是靜電似的，可以感覺得到，卻看不到也抓不著，只要她靠近我，我就會化掉，我好怕這種感覺，就像自己會消失掉，不禁流下淚來。

「我不要，求求妳，我不要、不要。」雖然說男孩子不該哭，可是大姐身上那股古怪的氣讓我很害怕。

「彥超。」

「不要過來！不要過來！」我抗拒著。

「彥超，你這樣不行，讓我們帶你去看醫生好嗎？」大姐苦口婆心地苦勸著，可是我不想聽、不想聽。

「彥容，我看我們先讓彥超休息吧！」大姐夫說話了。

「可是……」

「他現在狀況很不穩定，強行帶他去醫院也沒用，不如讓他先休息，我們再慢慢跟他溝通吧！」

「好吧！」

※　※　※

我不斷地流淚，恐懼不斷從我心底湧出，我也不知道自己在怕什麼？可是淚水就是不停的流下來，直到我一個人進到房間之後才好一點。

我知道自己不對勁，本來想當作沒這回事，但是這次卻不容我忽視，大姐說我暈倒在蕾蕾房間，而我似乎在她的房間裡做了什麼。是什麼呢？我好像有印象，又有些模糊，而且我的記憶，好像還有馮維邦。

我不是到蕾蕾的房間嗎？為什麼馮維邦會出現？

而且我到蕾蕾的房間，那我又做了什麼？為什麼我沒印象？還有，我為什麼會暈倒？這一大堆的問題塞得我腦袋快爆炸了，決定問蕾蕾比較快。

我拿起手機，開始翻找聯絡人，看到了蕾蕾，按了下去。

咦？怎麼這麼久啊？她離開我家已經兩個鐘頭了，應該已經到家了，怎麼還沒人接？我再等，等了十幾聲之後，手機終於接通了。

「喂！蕾蕾。」

沒有聲音。

「蕾蕾，是我，我是阿超，喂？蕾蕾，妳在嗎？」沒有人出聲，是怎麼回事？「喂？喂喂？」

「阿超？」一個怯怯弱弱地聲音傳了過來，是蕾蕾。

「對。」

手機那邊傳來啜泣聲，蕾蕾在哭嗎？發生什麼事了？我急忙問道：

「蕾蕾，怎麼了？發生什麼事了？妳不要哭啊！有什麼事我會保護妳的，妳不要哭啊！蕾蕾、蕾蕾！」

「阿超？」像是要確定是不是我，蕾蕾又問了一次。

「對，是我，妳怎麼了？不要哭了好不好？妳這樣哭的話，我會很難過的。」哇！我怎麼會說這麼肉麻的話？不過這時候我只想安慰她，而且這也是我的肺腑之言。

「阿超，你還好吧？」

蕾蕾在關心我，我感到窩心。「我很好，沒事了。對了，妳是怎麼了？發生什麼事了？為什麼在哭？」

「我……」

我想到我進到蕾蕾的房間之後，一切變得模模糊糊，這下可不是被水暈染的水彩畫了，而是調色全混在一起了。

「蕾蕾，我是不是做了什麼事？」如今只有這個可能性，在我記憶喪失的時候，發生了什麼事，才會讓她一直哭。「妳告訴我好不好？我真的不知道我怎麼了？我有沒有，」我難以啟齒，吞吞吐吐：「我有沒有……對妳怎麼樣？」終於問出口了。

「沒、沒有，你很好。」

「那為什麼妳在哭？」嚇我一跳！我還以為我做了什麼不該做的事，犯下難以彌補的大錯。

「我只是……阿超，你真的是阿超嗎？」怎麼又問這個問題？

「是啊！」

「那汪大為是誰？」

「啊？」

「你告訴我的，說你是汪大為。」蕾蕾的聲音傳過來，我感到莫名其妙。

「汪大為？誰呀？我是郭彥超耶！」

「可是你告訴我，說你是汪大為。」

「不可能！」我搖了搖頭。「我媽又沒有改嫁，我幹嘛沒事去當別人的兒子？」這話一出，我聽到蕾蕾噗哧笑了一聲。

太好了，她沒事了。

「你真的是阿超。」

「我本來就是郭彥超。」

「現在已經很晚了，我們明天學校再講好嗎？」蕾蕾像是有什麼顧忌，雖然我很想馬上知道發生了什麼事，不過還是答應了。

「好。」

第七章　網友

蕾蕾跟我約中午在學校餐廳見面，那裡人滿為患，講話很不方便，不過既然是蕾蕾要求的，我當然義不容辭地答應了。

除了蕾蕾外，馮維邦也出現了。

出現就出現，只是馮維邦看我的表情，相當難看，臉色黑壓壓的一片，像撞邪似的。

「幹嘛？看到鬼囉？」我脫口而出。

靠！我這話才一出，不只馮維邦，就連蕾蕾的表情也不對勁，意識到自己可能說錯話了，我趕緊哈啦過去⋯

「大白天的，怎麼可能有鬼？就算有鬼，也是在晚上才會出現。你們兩個到底怎麼了？」我是不是越描越黑？他們兩個臉色越來越糟糕。

「你是阿超厚?」馮維邦再度開口，竟然是這種話?

「我不是阿超，我會是誰啊?別人嗎?」我有點惱火地道。不過他這時候的表現，有點像昨天通話時的蕾蕾。

我又說錯了什麼話?為什麼馮維邦的表情又僵硬了起來?

他們兩人互看了一眼，讓我有點火大。

「喂!你們兩個，到底是怎麼樣?為什麼發生什麼事，都不告訴我?」兩個人合力瞞著我，有什麼用意?

「阿超，不是我們不告訴你，而是我們不知道怎麼告訴你。」蕾蕾的語氣溫柔許多，但我還是難消心頭之火。

「用講的啊!難不成還要用寫的?」

「你昨天像變了一個人似的，一直打我的電腦。本來打我的電腦沒什麼關係，只是你竟然說你是汪大為?」

「汪大為?」我愣了一下。

「對。」蕾蕾的聲音帶著恐懼。

「這個名字有點耳熟，他是誰呀？」我看向馮維邦，他也搖了搖頭，不過同樣帶著困惑。

「我怎麼會這樣說呢？會不會是妳聽錯了？」

「不，而且你還……」蕾蕾欲言又止，吊人胃口。

「我怎麼了？」

「你、你去廟裡燒香拜拜啦！」馮維邦突然冒出這一句，我莫名其妙地看著他，怎麼跟大姐說的一樣？

「幹嘛？」

「反正去廟裡拜一下，對你有好無壞啦！」

我奇怪地看著馮維邦，我知道他不是宗教狂熱分子，也對燒香拜佛這類事情不感興趣，怎麼會這時候提出這件事？

「你們兩個真的很奇怪耶！」

※　　※　　※

汪大為？汪大為？

這個名字像是很近，卻又很遠，我總覺得在哪裡聽過，卻又想不起來，汪大為？大為？大衛？David？

咦？

我像是被什麼砸中似的，差點從位置上跳了起來，但也因此發出了很大的聲響，左右的同學，包括講臺上的教授，全都往我看過來。

「同學，有什麼事嗎？」教授拿著書，推了推眼鏡看著我。

「我沒事，對不起。」

還好教授沒再刁難，繼續他的課程，而我已經不耐煩，兩腳不斷動著，希望等一下可以去把事情弄清楚。

好不容易下課鐘一響，我第一個衝出教室，免不了讓教授對我印象不佳，但現在已經管不了那麼多了，我衝到資工系大樓，希望電腦教室還有位置。

還好！雖然電腦教室裡頭還有幾個人在上網，不過角落還有個位置。

我跑了進去，打開電腦，找出我有註冊的社群網站，全部打開，然後一一搜尋著所有人。

第七章　網友

因為網路的關係，所以有很多見過面或沒見過面的人，我都有他們的帳號，有時候會和他們聊天，但也有些一開始接觸，講沒兩句，後來就放在角落，八百年可能沒有講話的那種人。

我仔細查找裡頭的聯絡人，叫David的就算沒有一百個，也有五、六十個，我慢慢找，終於在M網裡頭，看到了我要找的那個David。

我知道他一定是我認識的人，只是太久沒聊了，已經忘了有這號人物。如今找到了這個人，我打開對話視窗，檢視他的個人基本資料，果然，他的原名就是汪大為！是資工系的。

我已經很久沒在線上碰過他了，也不知道他怎麼了——為什麼覺得背脊一陣寒意？

我關掉電腦，離開教室，拿起手機打給馮維邦。

很快地，他有回應了。

「喂！馮維邦，你有沒有認識資工系的？」

「有啊！幹嘛？」

「幫我查查，是不是有一個叫汪大為的學生？」

「怎麼回事？」

「我剛剛想起，我M網的聯絡人裡頭好像有這個人，上去一看，真的是他。只是除了知道他是資工系，其他我都不知道。你可不可以去幫我查查看？」

「好，聯絡到再跟你講。」

我掛斷電話，感到背後一陣寒意，我轉過頭，看到我剛剛坐的位置，電腦自動開機，跳出了開機畫面。

我剛剛……不是才關掉嗎？怎麼又會打開？

又冰又麻的感覺又腳底竄起，我飛快地逃離電腦教室。

※　※　※

「喂！阿超嗎？找到汪大為了，他是資三的。」我的電話接通之後，馮維邦馬上就告知最新消息。

「喔！有人認識他嗎？」

「不，沒有人跟他熟悉，聽說他很宅，幾乎都在家裡打電腦，也很少來上課，大概只有考試的時候會出現。」

「這麼強？」都不怕被當掉？

「我也不清楚。」

「他住哪？有人知道嗎？」

「他住在我們學校後面沒幾條街的地方，我問過了，那裡離我們以前住的地方不遠。」

我心中盤算著。「你告訴我地址，我要過去一趟。」

「你要做什麼？」馮維邦吃了一驚。

「我也不知道，不過我總覺得應該過去一趟。」這個汪大為常在家裡打電腦，也免不了上網，也許去看看，可以解開一些謎題。

沒有去查證，什麼都不知道。

「這樣啊？那我陪你去。」

「好。」不愧是朋友，夠義氣。

「我們以前住的那邊有間 7-11，就在那裡碰面。」

「好。」

我掛了電話，先到馮維邦講的那間 7-11 等著，約莫過了二十幾分鐘，馮維邦才出現。

我們走了十幾分鐘，來到了另外一棟學生宿舍。

這棟學生宿舍也很有名，聽說半夜常有一些奇奇怪怪的聲音，把一些膽小的學生嚇得搬出去，不過願意留下來的也大有人在。這裡雖然破舊，但租金便宜，又強調免費 Wi-Fi，的確可以吸引很多學生。

只是樓層這麼多，汪大為住在哪一層呀？

「喂！幾樓呀？」我問著馮維邦。

「不知道耶！又沒人來過。」

「去！我去問一下警衛好了。」我走到一樓的警衛室，敲著玻璃。「請問一下，這裡有沒有一位汪大為？」

裡頭的警衛是個外省的老芋仔，正在看著報紙，聽到我的聲音才將頭抬起來。

「汪大為？你找他有什麼事嗎？」

「我們是他同學，來找他的。」我扯著謊。

「我看一下。」老警衛大概在看住宿表，說道：

「他住在頂樓，最後一間。對了，你們是他的同學，看到他的時候，跟他講一下，他已經兩個月沒有繳租金了，水電費也不付，房東每次來都沒人在，他再不繳的話，就要被趕出去了。」

「喔！好。」

※　　※　　※

我和馮維邦來到了頂樓，一上來，就聞到一股霉味。

說真的，要不是價錢便宜的話，很少人會住在這裡吧？不過學生們沒什麼錢，平常又在學校上課，回到宿舍也不過睡覺，所以會選擇這種宿舍的還是大有人在。

這裡左右各有三間房間，走廊底處還有一道門，警衛講的就是這間吧？

我們走了過去，我敲了敲門。

沒有人在。

「汪大為？」我再敲了敲。

還是沒有人回應。

我和馮維邦互看了一眼，我從口袋摸出一塊硬幣，這是張明誠教我的，可以打開門。

「這樣好嗎？」馮維邦問道。

「來都來了，不把事情搞清楚怎麼行？」

「好吧！」

我照著方法做，門真的打開了。

門一打開，就有股奇怪的味道透了出來，像是很久沒通風的房間，潮溼、霉味，侵害著人的肺部。如果住在這裡會生病的吧？

我後退了兩步，讓氣味先散發，然後才再繼續推開門。

房間燈沒開，外面又已經傍晚了，所以屋內黑壓壓的，只有書桌前的燈打開，還有電腦螢幕，正閃著光芒，讓我們可以辯識環境，而電腦前面，正坐著

第七章　網友

一個人。

「他在耶！」馮維邦驚呼！

而我則相當疑惑，剛剛叫了半天，都沒人來應，結果汪大為竟然在裡頭？我趕緊道：

「對不起，請問是大為嗎？」我叫著他的名字。

沒有回應，那張椅子，連動都沒有動。

我和馮維邦互望了一眼，這個汪大為也太古怪了吧？我們人都進來了，他還沒反應？而且我們還是撬開鎖進來的耶！他仍無動於衷。

我上前一步，伸出手，推了推椅子。

「不好意思，我想請問一下。」

我再也問不下去了。

轉過來的椅子，上面坐著一個人，他雙腳縮在椅子上，手捧著胸口，頭仰著天，臉上還戴著眼鏡，而他的雙眼，則看著天花板，而他的嘴巴大張，卻沒有說出聲音。

而且，我發現他就是那一天，我從窗戶倒影看到的那個人。

我往後退了一步，跌到馮維邦的身上，馮維邦也沒好到哪裡去，我們兩個腿都軟了，兩個大男孩抱在一起，跌坐在地上。

「阿、阿超，他、他、他……」

「他死了？」

「啊啊啊——」恐懼的叫聲從我們的嘴巴喊出，兩個人爭先恐後的要往門口跑去——

砰！

門被關起來了！

「哇啊！」

「放我出去！放我出去！」我和馮維邦兩個人叫了起來，哭得一把鼻涕、一把眼淚。

不論我們怎麼轉，怎麼動，門就是打不開。

這是怎麼回事？

我們轉過來，看著坐在椅子上的汪大為，他仍是那副死態，沒有動靜，而桌上的電腦，也還在運轉，從空氣中感受到的熱氣，可以知道電腦已經開了很久了。

「阿超，怎麼辦？」

「我、我也不知道。」我好想哭。

「呵……呵呵……」第三個聲音闖進我們之間，我左右張望，這裡除了我和馮維邦之外，哪來的第三者？

此時，只見椅子上的汪大為動了起來。

我站在原地，猛吞著口水，不敢亂動，緊靠著馮維邦，而他也跟我同樣緊張，我們靠在一起，我可以感受到他手上的汗不斷冒出。

「呵……呵呵……」

那個應該已經死亡的汪大為，此時竟然動了起來，他的手腳開始張開，慢慢地從椅子上要站起來。

他死了嗎？他沒死嗎？會不會剛才的死態，只是他假裝的？

正在這麼想的時候，我看到了汪大為身上的肉，是暗紅的顏色，就像腐壞的豬肉，已經毫無色澤可言，而且他身上還有不少蒼蠅，沒有人可以讓蒼蠅——而且是那麼一大堆停留在身上，還毫無感覺的……而且他的身上，還有不少蛆……

我忍不住，當場吐了起來。

「阿超，你怎麼了？阿超。」馮維邦驚駭地叫道。

「我好難過。」

「阿超？」

「呵……呵呵……」那個笑聲越來越近，近到就在我面前，我抬起頭來，汪大為正站在我面前。

※　　※　　※

「郭……彥超……是吧？你是『超人』是吧？」

我忍不住頭皮發麻，他不是死了嗎？為什麼還會起來，還會站到我面前？

而他身上那堆蒼蠅，連離開的意思都沒有。他一動，身上的蛆就掉了下來。

而他的臉削瘦地只剩下兩顆眼珠最為明顯，他又戴著一副眼鏡，架在他的鼻梁上，那兩顆眼珠，就掉在他的眼鏡上面。

「不、我不是、不是！」我下意識地否認。

「超人」是我在網路上的暱稱，只是因為跟我的名字有文字關係，所以我才叫自己「超人」。

「你以為自己真的是超人，都沒事是嗎？」

「什麼意思？」我大駭地看著他。

「你開了檔案，但為什麼沒死？你不死的話，我怎麼去找其他人？」汪大為向我撲來，我大駭，要不是馮維邦拉了我一把，我們兩個爬到床上，我早就被他捉住了。

「你在說什麼？」馮維邦在旁邊發問。

「你打開信了，檔案也開了，為什麼沒死？」汪大為的聲音淒厲，像一把刀刺著我的耳朵。

「信？」我心中陡地一亮！「那封該死的信，是你寄的？」

「沒錯！是我寄的！他們都死了，為什麼你沒死？」汪大為又向我們走過來，在這個狹小的房間，逃也逃不了，我們這次跳下床，跑到電腦旁邊。

「你為什麼要寄信？」我叫了出來。

「為什麼？呵呵……為什麼？因為大家都該死呀！」汪大為陰險地笑了起來，我感到全身的毛細孔都縮了起來。

「為什麼？」

「因為……你們都在上網……」

「這是什麼話？憑什麼上網的就該死？」馮維邦在旁邊，即使對方不知是人是鬼，他破口就大罵。

「因為……我死了，嗚嗚……」

汪大為捧著臉，像在哭泣，但他的哭聲十分恐怖，像在叫囂，而外面天色已晚，屋內又只有書桌上檯燈的光亮，讓人感到恐懼。

「你死了？你為什麼會死？」我脫口而出。

「我明明……明明在上網，後來就、就死了……我好難過、好難過，你們知道嗎？我好難過，我死的時候好難過！」汪大為邊叫邊哭，一邊拉著自己的頭髮，他的頭皮早已腐爛，一拉就掉，而他還是在哭著。

「你為什麼不求救？」

「我不知道要找誰？你們在網路上，每個人看起來都那麼近，卻又那麼遠，我不知道你們是誰？我不知道，我沒辦法求救。」他把頭皮都撕破了。

「你可以打電話。」我乾著喉嚨道。

「沒有，沒有，我不知道打給誰？我沒有朋友，電話沒用！」他的皮膚像裹著石灰似的，因太過乾硬而脆裂，使他的臉看起來更加恐怖。

「那你為什麼要找我們？」

「因為你們都在線上，卻放我一個人死掉，你們通通在上網，我說我好痛苦，卻沒有人理我，沒有人！」

我想起來了！

兩個多月前，我和某人在M網聊天時，David傳訊息說他好痛苦，我問他怎麼回事？他也沒回我，我就沒有再理他了。誰知道那時候，他就暴斃了？誰能夠在線上聊天時，知道對方發生什麼事了？

「所以你就找上我們？」我現在可以肯定，那封死態的信，就是他寄出去的。

「對，我不服氣，我不服氣，為什麼只有我死掉，你們都沒事？沒什麼沒人理我？為什麼？所以我要大家一起死！有上網的通通該死！」汪大為大聲罵著，又朝著我們走過來。

「哇啊！」我在他還沒碰到我之前，連忙跑到櫃子旁邊去。「你不能這樣，大家都是無辜的。」

「你們見死不救，大家都該死！」

汪大為大叫了起來，又朝我們追了過來，我和馮維邦跑到門口，門還是打不開，而此刻汪大為朝我們撲來，我們兩個趕緊閃開——

砰！

他撞到門，停了下來。

我看到他的眼鏡歪了一邊，臉的上半部和下半部也歪掉了，牙齒露在外頭，顯得相當猙獰。

「等一下！」我喊了起來，藉由發問爭取一些時間：

「那為什麼有人開了信卻沒事？」蕾蕾說過有些人將信件刪除，有些人將它打開，但都沒事。

「信是我直接進到伺服器寄出去的，對象是全校師生，我設定了開啟就自動轉寄的功能，我可以透過這些信件，去查出那些原本屬於我的聯絡人在哪裡，然後將他們殺死。所以不是我的聯絡人收到信的，沒事；如果是我的聯絡人——全都要死！」最後一句他暴吼起來！

「你是說那些沒跟你聊天的，沒事；而跟你聊過天的，你都要趕盡殺絕？」我呆了！

「對，只要在我聯絡人名單裡的，都該死！」

我明白了！只要有跟他接觸過的，都得死！

「你為什麼沒死？」汪大為叫了起來！「你都不死，我只好附身在你身上弄死你！」

我抖著嘴巴，戰戰兢兢地道：

「你附身在我身上？」那麼那些奇奇怪怪的事，還有那些聲音，都是因為他了？我閉起雙眼，努力壓下心中的恐懼，說道：

「明明是你自己不對，上網的是你，死的是你，大家又不知道你怎麼了，自己死掉之後，還要拉別人一起死，你才該死！」

「吼——」

一記破雷的聲音從他口中爆出，我被震得往後退了好幾步。

「阿超，你就不能把嘴閉上嗎？」馮維邦唸著我。

「本來就是，是他一直上網，自己死掉，死掉之後，又想拉人一起死，這是什麼道理？」

「我知道，可是你一定要現在說嗎？」馮維邦快哭了出來。

呃？

也是，我常常管不住我這張嘴，而此刻汪大為像是被我激到，朝我撲了過來，我大喊一聲，往前奔跑，卻被他壓在地上，好痛——

第七章　網友

我可以感到他腐爛的氣息就在我耳邊，不斷朝我噴著氣，那口水甚至滴了下來……噁心死了！

而此刻他的手緊緊勒住我的脖子，不斷地收縮，我……我不能呼吸了……

「匡！」

一記物體敲碎的聲音，我可以看到地上有碎片，像是玻璃之類的東西，散成一地，而我脖子上的力量停住了。

好機會！

趁這時候，我用力把他手拉開，努力爬了起來，我往後一看，原來是馮維邦拿了不知道什麼東西砸汪大為的頭，此刻汪大為的頭破了，沒有流出鮮紅的液體，反而是暗赭色的黏稠液體，接著，汪大為朝馮維邦走了過去。

「哇——啊——不要過來——」馮維邦大叫！

剛剛馮維邦救了我，現在我要怎麼救他？我左右看看，對了，鍵盤……我趕緊拿起鍵盤，朝汪大為的頭打了下去——

砰！

又是一聲巨響！

汪大為停住了，他往後看，我可以感覺他更生氣了。

「我的電腦？你竟然動我的電腦？你怎麼可以動我的電腦？」汪大為哀嚎起來，跑去看他的電腦。

我衝到門口，不停用身體撞門，馮維邦也過來，和我一起撞門。

「你們竟然動我的電腦？不可原諒！不可原諒！」汪大為叫了起來！朝我們撲了過來！

「哇——啊！」

我們兩個一起撞門，門竟然被我們撞倒了，我們立刻逃了出去！

第八章　交談

我和馮維邦跑到一樓，經過警衛旁邊，衝了出去！還可以聽到老警衛在後頭大叫：

「年輕人跑什麼跑？見鬼了是嗎？」

鬼？對啊！就是見到鬼了，才會這麼跑呀！我和馮維邦跑到馬路上，已經很晚了，這條街是夜市，開始有學生出來逛街。

而剛才是場夢嗎？

我看著馮維邦，馮維邦也看著我，兩個人都氣喘吁吁的。

「現在怎麼辦？」我問著。

「什麼怎麼辦？」

「汪大為呀！他還想殺人嗎？自己死了也就算了，為什麼還要拖人家下水？」

「一定心理不平衡，所以才要拖人下水吧？」馮維邦猜測著。

「死變態，死了還要搞鬼。」我咒罵著，總覺得相當不安，汪大為沒有跑出來，是因為外頭人比較多，所以他不敢跑出來嗎？還是有其他的原因？

「現在怎麼辦？」

「我也不知道。對了！」我心中有個模糊的想法，我看著馮維邦，問道：

「你的M網聯絡人裡面，有 David 這個人嗎？」

「沒有。」

「所以你開了信，你沒事，那蕾蕾……」汪大為曾經說過：你都不死，我只好附身在你身上弄死你！再去弄死其他人！所以表示還有人？

一股不祥從我心中升起，我拉著馮維邦跑！

「你做什麼？」馮維邦叫著！

「跟我來！」

※　　※　　※

第八章　交談

我跑到蕾蕾的宿舍，就在這附近不遠處，不過也足夠讓我們氣喘吁吁了。來不及喘氣，我就直接跑上蕾蕾所處在的樓層。

「叮咚！叮咚！」我猛按電鈴。

「阿超，你到底想要幹嘛？」馮維邦在後面跟著。

「等一下再說！」我繼續按著門鈴，過了一、兩分鐘之後，才有人出來開門。

「你找誰？」有個胖胖的女孩子站在門後。

「我找蕾蕾，我是她男朋友，怕她出事，妳可不可以先讓我進去？」我撒著謊，只為了能快點進去找蕾蕾。

女孩子遲疑了一下，開了門。

門開了之後，我就衝到蕾蕾的房間，敲著門。「蕾蕾，妳在嗎？蕾蕾？」我叫著她的名字，沒有回應，我又繼續拍打著。

「阿超，你到底要幹嘛？」

「怎麼了？」

「發生什麼事？」

「你們是誰？」

旁邊兩側的房間，紛紛打開了門，從裡面探出頭來，清一色的都是女孩子，我對著她們大喊：

「我女朋友在裡面，我怕她出事，妳們有沒有辦法開門？」這個時候的謊言，是為了救蕾蕾。

「啊！沒有耶！」

「要找房東喔！」

「喂！你們怎麼了？吵架了嗎？」

女孩子們你一言、我一語的，毫無建設性可言，這個門把又跟喇叭鎖不一樣，沒有辦法用硬幣打開。

「阿超，到底怎麼了？」馮維邦抓著我的手，企圖要我鎮靜下來。

「那個汪大為說，他要殺掉在他聯絡人名單裡的人，也就是通訊軟體裡的所有人，所以寄發信件出去。收到這些信的，如果是他的聯絡人，全部都有事；

第八章　交談

如果不是他的聯絡人，就會沒事，而蕾蕾也收到這封信。但我不確定蕾蕾只是剛好收到這封信，還是她也在David的聯絡人名單裡？」我講出我的疑慮，馮維邦的臉色都變了。

「那怎麼辦？」

「我們一起把門撞開吧！」

「好！」

二話不說，我們兩個用力用肩膀撞門，旁邊的女生驚呼了起來！我也管不了那麼多，用力把門撞開——

裡頭沒有人，不過裡面的電腦是開著的。

蕾蕾不在？

即使如此，我仍然不能安心，我走上前，看到蕾蕾的電腦，畫面停在她的信箱，而那封流傳在學生間該死的信，正標示著已開啟。

「啊——蕾蕾，妳在幹什麼？」在另外一端，有女孩子叫了起來，我朝另外一邊跑去看，那裡有個公用的廚房，此刻，蕾蕾拿著沙拉油，把地上都灑滿了！

「蕾蕾，妳在幹什麼？」我大叫起來！

「阿超，阿超！」蕾蕾滿臉淚痕，卻沒有停下手中的動作，她拿起打火機——

「不要！」我大驚！

「阿超！救、救我……救……」蕾蕾邊說，邊蹲了下來，手上的打火機，就要放到滿地的沙拉油上了。

這下不只蕾蕾會死，整棟樓層的住戶都會有事。

「我不要死，阿超！」

「蕾蕾！」

我撲了上去！還是來不及！火就這樣跟油接觸，轟——

接下來簡直一團亂，我感受到火光和火苗同時閃現，我聽到蕾蕾的哭叫聲，我聽到眾人的驚慌聲，我聽到眾人跑來跑去的聲音，但我沒空去理會，現在的我只想抓著蕾蕾，緊緊地抓著蕾蕾——

第八章　交談

噗！

一陣煙霧噴上了我們的身體，刺鼻的味道襲來，我被嗆得眼淚直流，鼻涕、口水都一起跑了出來，而蕾蕾也沒好到哪裡去，她也是一直咳嗽。

「你們還好吧？」馮維邦跑了進來。

咦？火不見了？

——不，不是不見，而是被馮維邦找到的乾粉滅火器所消滅，所以現在我們身上有一大堆硫化銨，令人頭暈。

「蕾、蕾蕾……」我的視線開始模糊。

※　※　※

等到我醒來的時候，人已經在醫院了。

雖然被火紋身的感覺很痛，不過總算福大命大，人還活著。我更關心的是蕾蕾，我知道那種不受控制、將自己瀕臨死亡的滋味，更不好受，等精神好一點後，我下了床，跑到蕾蕾的身邊。

「蕾蕾，妳還好吧？」

蕾蕾看著我，哇的一聲！哭了出來！

「啊！」雖然她碰到我手上的傷口很痛，但我還是咬牙忍了下來，用另外一隻沒受傷的右手拍著她。「沒事了、沒事了。」

「嗚嗚……」

「沒事了，已經沒事了。」我只能這麼說，不然，我不知道要怎麼安慰？

蕾蕾抬起頭來，她的頭髮燒焦，可能要重剪髮型，而肩膀和後背都有灼傷，在醫生的搶救之下，總算人沒事。除了我們剛剛因為吸入過量乾粉造成昏厥外，醫生說我們沒其他大礙。

「好、好可怕。」

「我知道、我知道。」

「我沒有想要自殺，沒有，阿超，我沒有。」送我們來醫院的，除了馮維邦外，還有她那一棟的室友們，不知內情的人以為她要自殺，她們還在旁邊一直唸她。而我知道，她沒有這個念頭。

「我知道、我知道。對了，妳為什麼要開那封信？」

「信？」蕾蕾想了一下，「我想說馮維邦開了沒事，說不定我也不會有事，而且其他人也都沒事，所以我就試著打開看看，結果……」就有了那個恐怖的經驗。

「對了，妳認識 David 嗎？妳的M網上，聯絡人有沒有這號人物？」

蕾蕾收起眼淚，疑惑地看著我。「有啊！」

「妳知道他就是汪大為嗎？」

「啊？」蕾蕾看著我，嘴唇顫抖著：「是他？」

「對，妳怎麼會認識他的？」

「David？我記得那個時候我好像因為電腦有些問題不會，所以問我一個朋友，她把他介紹給我，我就問他。應該就是那個時候，我把他加入我的聯絡人。不過因為不熟，所以我很少跟他講話。你不提的話，我根本忘了我的聯絡人裡還有這麼一個人。」

「妳那個朋友，也是 David 線上的聯絡人囉？」

「應該是。」

「那她還活著嗎？」

「是啊！」

「還活著？」我叫了起來！把蕾蕾嚇了一跳！她莫名其妙地看著我。

「怎麼了？」

「妳那個朋友有收到信嗎？就是那封該死的信。」

蕾蕾沉思起來，須臾：

「小孟說她曾經收過一封奇怪的信，她好像打開來過，因為她還跟我討論死亡與輪迴的關係，她從小就信教的，本身還吃素，所以對這種話題特別有興趣。」

「她都沒事嗎？」我急著追問。

「沒事啊！你怎麼會這樣問？」

「她也是汪大為的聯絡人，同時也收到汪大為發出的信，為什麼沒事？」我疑惑極了。

「阿超，到底怎麼了？」

第八章　交談

我看著蕾蕾，不知道要不要把這麼可怕的事告訴她？不過為了預防她還會出事，我還是全部告訴了蕾蕾。

蕾蕾聽完之後，臉色發白。

「所以 David 要把他網路上的聯絡人全部殺掉？」

「看起來似乎是這樣子，可是如果有人沒有打開檔案的話，就沒有辦法，但是妳剛剛講那個朋友，她不但是汪大為M網的聯絡人，同時也開啟了信，那她還沒事嗎？」

「是啊！」

「那我們可以跟她聊聊嗎？」為什麼這個人沒事？

「好啊！」

※　　※　　※

「蕾蕾，妳還好吧？怎麼了？」來看蕾蕾的，是一個長相清秀、相貌平庸的女孩，這女生如果走在校園，我是不會去注意她的，可是她卻能躲過汪大為的追殺，我不禁盯著她。

「我沒事，小孟，我找妳來，是他們有些事想請問妳。」蕾蕾幫我們起頭。

「什麼事？」小孟茫然地看著我們。

「是這樣的，」我得謹慎點，免得把人家嚇到，「我想請問妳，妳認識汪大為嗎？」

「David？認識呀！」

「那妳知道他的狀況嗎？」

「我知道他是資三的，整天只會掛在網路上打電腦，有時候叫他出來他也不出來，不過在網路上一定找得到他——為什麼突然提到他？」小孟疑惑地望著我們。

「那個……」我不知道該怎麼說？倒是蕾蕾替我解圍：

「對了！小孟，妳不是也收到一封奇怪的信？先前妳還跟我討論過，死亡跟輪迴的關係。」

「對啊！怎麼了？為什麼提起那封信？」

「那個……」蕾蕾為難地看著我。

第八章　交談

「汪大為就是散發信件的源頭。」我在旁邊解釋著。

「什麼？」小孟轉過頭來。

「那封要人家選擇怎麼死的信，就是他寄出來的。」

「是David？是他？」小孟叫了起來，一副不可置信的樣子，「現在在學生之間流傳的檔案，就是他寄的？」

「對啊！」

「他為什麼要做這種事？」

「只有他自己才知道吧！」

「我要去問問他，為什麼要做這種事？散發這種信件，是折自己的陰德呀！」小孟不愧跟宗教有緣，連講出來的話都讓我們覺得有宗教的味道。只是她講的話，讓我和馮維邦面面相覷。

「妳要問他？」

「對啊！他每天都會上線。」

「妳確定是跟汪大為本人？」我困難地問道。

「應該是他吧？要不然還會有誰？」小孟不解地看著我們，我們也不好說什麼。

「那麼，妳跟他對話的時候，可以讓我們看嗎？」我想知道她講的 David，跟我們所講的汪大為，是不是同一個？而這個小孟，又為什麼能逃得過汪大為的追殺？

小孟看著蕾蕾，蕾蕾說了：

「有些事情，只有 David 才知道，妳可以幫我們這個忙嗎？」

大概是看在和蕾蕾的友情上，小孟答應了。「好吧！」

※　　※　　※

我跟馮維邦，還有蕾蕾，都來到了小孟的家中。小孟的家就住在臺北市，家裡很大，看起來經濟也不錯。

她帶我們進了她的房間，打開了電腦。

「這個 David 很奇怪，不管什麼時候上線，都會看到他，好像他從來沒離線。」小孟邊開機，邊跟我們說話。

「妳常跟他聊天嗎？」

「有時候會打個招呼，不一定會聊天。」

「妳最近有跟他聊天嗎？」

「最近嗎？最近好像比較沒有，我有試著叫過他，不過他都沒回，我也就沒跟他聯絡了。不過他做了這種事，真是糟糕。」小孟等她的電腦打開之後，登入M網後，她立即找到了David，並且點出對話框，坐了下來打字。

小孟：David。

您剛剛已送出語音邀請。

您剛剛已送出語音邀請。

您剛剛已送出語音邀請。

您剛剛已送出語音邀請。

由於汪大為沒有回應，小孟只好一直使用語音邀請，可是他都沒有反應，我在一旁觀看，心裡想著，如果汪大為早已死亡的話，他還會打電腦嗎？不過那些詭異的信件，不就是他發送的嗎？

正在想著，我聽到小孟的聲音：

「什麼味道？」

「好像有東西燒焦的味道。」蕾蕾皺著眉頭道，我和馮維邦則左右看著四周，緊接著聽到霹靂叭啦的聲音，是從電腦傳來的！

「小心！」

我來不及救小孟，只顧著護住蕾蕾，而我看到馮維邦迅速將小孟拉離開位置，然後——主機爆炸了！巨大的聲音闖進耳中，整個火花在房間充斥，掉下電光的碎屑，連電燈都壞掉，房間迅速變暗，還好我們已經離開電腦很遠了，要不然一定遭到波及。

更詭異的是，螢幕畫面已經碎裂成好幾份，竟然還有光線和影像跳動？而且還有聲音從兩側的音響傳出來，那聲音像是哀嚎？

是的，真的是哀嚎，我忍不住將視線移到破壞的螢幕上，那像是一個人的臉，被螢幕切割成好多塊似的，表情扭曲痛苦。

所有人都嚇了一跳！包括小孟都在問：

「這是什麼？」

「那個看起來像是汪大為？」馮維邦講的跟我想的一樣，我們跟汪大為交手過，那戴著黑框眼鏡的醜陋臉蛋，暴出唇外的牙齒，因被撕扯而掉落的頭皮，都還歷歷在目，而此時他充滿痛苦的哀嚎，把我們都嚇了一跳！

「David？」小孟乾啞著聲音，驚駭地問道。

「不、不要、不要！」汪大為斷斷續續地說話，我很害怕他的恐怖模樣會把小孟給嚇倒。

結果小孟比我想的還堅強，她雖然臉色蒼白，卻沒昏倒。

「這、這是怎麼回事？」

「小孟。」我困難地道：「這是汪大為，他已經死了。」

我看到小孟的臉色更難看了。「他已經死了？」

「他死的時候，正在上網，因為沒有人發現，所以他要報復，他要把他M網上的聯絡人全部殺死。」我們會被他殺掉嗎？我們會逃不過這一劫嗎？會不會因為檔案無法殺掉我們，所以他要直接過來殺掉我們？就像上次一樣？如果他像貞子一樣，從螢幕爬出來的話怎麼辦？

我的腦袋思緒雜亂，已經沒了方向，只能緊緊抱著蕾蕾，我可以聽到她因為害怕而哭泣，也可以聽到 David 的哀嚎聲。倏地——

「如是我聞。一時佛在忉利天，為母說法。爾時十方無量世界，不可說不可說一切諸佛，及大菩薩摩訶薩，皆來集會。讚嘆釋迦牟尼佛，能於五濁惡世，現不可思議大智慧神通之力，調伏剛強眾生，知苦樂法，各遣侍者，問訊世尊。」

咦？這是什麼？

我轉頭看著小孟，看到她臉上掛淚，雙手合掌，從她的嘴中吐出：

「是時，如來含笑，放百千萬億大光明雲，所謂大圓滿光明雲、大慈悲光明雲、大智慧光明雲、大般若光明雲、大三昧光明雲、大吉祥光明雲、大福德光明雲、大功德光明雲、大歸依光明雲、大讚嘆光明雲，放如是等不可說光明雲已。」

「是《本願經》！」蕾蕾驚呼了起來！

第八章　交談

「什麼經？」我詫異地問道。

「《地藏王菩薩本願經》，小孟常常在唸經，我曾經聽她唸過這個經。」

我詫異地看著眼前的狀況，只見小孟全身像浮起淡淡的白光，有種熟悉的香味竄進我鼻間，而此刻房間內刮起了奇異的氣流，連哀嚎也變成了水波似的流動。

然後房門和窗戶突然大開！那氣流爭先恐後地往外逃了出去。逃？為什麼我會有這種感覺？可是那種逃跑的感覺，卻是真真切切的感受。

氣流繼續刮著，而小孟的聲音也越來越強、越來越強，我感到眼前的景象相當混亂，就像一場夢。

※　　※　　※

事實證明那並不是夢，等那股氣流退去之後，已經不知道是多久以後的事了？滿地瘡痍，等小孟的家人回來之後，都嚇了一跳！

說也奇怪，從那天之後，再也沒聽說任何意外。

汪大為他消失了嗎？

不過聽蕾蕾說，小孟自從遇到那件事，跑宗教跑得更勤了；而那天之後，我也跟著大姐去廟裡，人家常說有燒香有保佑，我看我還是不要太鐵齒，為了未知的事物，偶爾陪她走動一下又如何？

反正有蕾蕾陪我，去哪裡都可以啦！

結束之後，我和大姐分道揚鑣，準備跟蕾蕾出去逛逛，就在我們離開的同時，我看到一個熟悉的身影。

「那個是小孟嗎？」我看著一個女孩走進廟裡，和大姐講話。

「對啊！她怎麼在跟你大姐講話？」

一個念頭閃過，啊！難道她們都在這裡拜拜？難怪我覺得她們身上，都有一樣的味道，原來她們都在這間廟宇走動。同樣的磁場，同樣的氣息，難怪幾次大姐出現在我身邊時，那種像行屍走肉的空虛感就會消失，她們擁有同樣的靈力嗎？這只是我的猜測而已，因為並無根據可言。

起碼從那天開始，日子過得相當平靜，再也沒有奇怪的狀況發生了，只是汪大為呢？

第八章　交談

「難怪汪大為不敢找小孟，大概小孟常在廟裡走動，有神佛保佑吧？」蕾蕾突然說出這句話來。

我對於蕾蕾的想像力感到訝異，不過她的猜測跟我差不多，也只有這樣才說得通，為什麼小孟明明在汪大為的聯絡人中，而且還打開了那封鬼檔案，卻沒有事情？

所以還是不要亂開信的好。

「大概吧！」我握著蕾蕾的手離開，沒有上前和小孟打招呼，我們走著走著，不知不覺走到了汪大為住的大樓前。

前面有一輛救護車，裡頭正抬出人來。我疑惑地拉著蕾蕾上前一看，正好聽到有人在說：

「真可惜，那麼年輕……」

「年紀輕輕就暴斃，都是上網害的。」

「對呀！聽說他上網太久，突然休克，死的時候又沒人發現，一直到現在，都兩個多月了耶！」

「死者是個宅男啦！只會打電腦，沒有出去跟人家接觸，也沒有朋友，這樣有事的話，人家怎麼會知道？」

「就是啊……」

「那怎麼會被發現呀？」

「還不是拖了兩個多月的房租沒繳，房東來催債時，才發現的……」

我和蕾蕾看著救護車將蓋著白布的屍體抬走，雖然明白那裡頭是誰，心頭仍然多跳了一下！

「我們走吧！」我對著蕾蕾道。

「嗯。」

我開始和蕾蕾交往，這是後話。

從此以後，除非必要，像是需要寫報告什麼的，我不再上網，甚至不再收信，至少會有一段時間，我不會再碰電腦。

尤其不會再開來路不明的信。

電子書購買

國家圖書館出版品預行編目資料

自殺產生器 / 梅洛琳著 . -- 第一版 . -- 臺北市：
崧燁文化事業有限公司 , 2021.09
面； 公分
POD 版
ISBN 978-986-516-836-0(平裝)
863.57 110014829

自殺產生器

臉書

作　　者：梅洛琳
編　　輯：柯馨婷
發 行 人：黃振庭
出 版 者：崧燁文化事業有限公司
發 行 者：崧燁文化事業有限公司
E-mail：sonbookservice@gmail.com
粉 絲 頁：https://www.facebook.com/sonbookss/
網　　址：https://sonbook.net/
地　　址：台北市中正區重慶南路一段六十一號八樓 815 室
Rm. 815, 8F., No.61, Sec. 1, Chongqing S. Rd., Zhongzheng Dist., Taipei City 100, Taiwan (R.O.C)
電　　話：(02)2370-3310　　傳　　真：(02) 2388-1990
印　　刷：京峯彩色印刷有限公司（京峰數位）

定　　價：250 元
發行日期：2021 年 09 月第一版
◎本書以 POD 印製